イケメン石油王の溺愛

シークにプロポーズされても困ります

あかし瑞穂

Illustration

蔦森えん

gabriella plus

イケメン石油王の溺愛 シークにプロポーズされても困ります

contents

6 …その１．　平凡な山田花子の平凡じゃない日常

26 …その２．　勝負しなさい！

103 …その３．　確かに言ったけれども

172 …その４．　イかせたら勝ち？

199 …その５．　ヒーローはド派手に登場する

241 …その６．　もっと、欲しい

272 …エピローグ～平凡な山田花子の、平凡じゃない日々は続く

276 …あとがき

gabriella plus

イラスト／蔦森えん

イケメン石油王の溺愛

シークにプロポーズされても困ります

その1．平凡な山田花子の平凡じゃない日常

「――ハナコ！　私とケッコンしてくれ！」

自席でパソコンのモニタ画面とにらめっこしていた山田《やまだ》花子《はなこ》（二十九歳）の横に跪《ひざまず》き、彼女の目の前に真っ赤な薔薇《ばら》の花束を差し出したのは、まるでロマンス小説の表紙に描かれているような男性だった。


頭に被《かぶ》った白いクーフィーヤ《布》の下から見えるのは、キラキラ輝く金の髪。褐色《かっしょく》の肌に映《は》える澄《す》んだ青の瞳。鷲鼻《わしばな》にきりりと引き締《し》まった唇。真っ白なカンデューラ《衣装》の上からも分かる、逞《たくま》しい身体。

真《ま》っ直《す》ぐな黒髪を後ろで一つに括《くく》り、黒縁眼鏡《くろぶちめがね》を掛け、上下真っ黒のタイトスカートスーツを着ている、平々凡々《へいへいぼんぼん》な花子とは、対照的な派手さ。

女性の夢の中に現れるシークにプロポーズされた花子は、はあと溜息《ためいき》をつき、眼鏡越しに彼

をじろりと睨《にら》んだ。

「お断りします、ミスター・スレイマン。薔薇を退《の》けて下さい。要員計画表が見えません」

「ファルークと呼んでくれと言っているのに」

「では、シーク・ファルーク」

ばっさりと切り捨てられたファルーク＝スレイマンは、一瞬がくりと肩を落としたが、次の瞬間にはさっと立ち上がっていた。長身の彼を座ったままの花子が見上げるのは、はっきり言って首が痛い。

「だが、そんな冷たいハナコも魅力的だ」

ファルークが再度差し出した花束を渋々受け取った花子は、また溜息をつく。

「はいはい。……で、毎回毎回、高い薔薇の花束などいりませんと言ったじゃないですか。会社の玄関にも、この社長室にも、他の役員室にも、配りまくってるんですから」

配っても配っても、ファルークが次から次へと持って来るため、人材派遣会社Staffing company of SUZUKIのそこら中から薔薇の香りがする、とお客様にも言われたところだ。大体初夏が見頃の種類の薔薇を十月末に用意するなんて。いくら掛かっているのだと、そちらの方が気になってしまう。

しかめっ面《つら》の花子を見るファルークの瞳がきらりと光る。

「では、次はハナコの白い肌に映えるダイヤを」

花子がツッコミを入れるよりも先に、奥の部屋に続くドアが開いた。書類の束を右手に持ち、ファルークと同じくらい背の高い、ダークグレーのスーツを着た男性が姿を見せる。栗色《くりいろ》の髪をした優男の彼は、雄々《おお》しい感じのファルークとは違うタイプの美形だ。

「花子さん、この書類……あれ、また来てたのか、ファルーク」

「またとは何だ、タロウ」

花子の机の上に書類を置くタロウを見て、ファルークの眉間に皺《しわ》が寄る。

「社長」

花子はむっと口を歪《ゆが》めて言った。

「何とかして下さい。シークとは大学の同期生でしょうが」

ファルークも不機嫌そうに言う。

「タロウは黙っておけ。今ハナコを口説《くど》いてる最中だ」


二人から同時に要求を突き付けられた鈴木太郎《すずきたろう》は、やれやれと首をすくめた。

「まあまあ、花子さんもたまにはファルークに笑顔の一つでも見せてあげたら？　こいつ、何と言っても石油王だしさあ、うちの派遣社員も大勢採用してくれてるんだよね」

そう、このド派手で現実離れしたシークは、ファイアオバルという中東の小国に油田《ゆでん》を持つ、大富豪の一人なのだ。日本で複数の大企業の経営に携《たずさ》わっており、この会社の超お得意様でも

ある。そうでなければ叩《たた》き出してやったのに、と花子は常々残念に思っていた。

(全く、こんな女好きに仕事を邪魔されるなんて)

花子の瞳が眼鏡の奥で不穏な色を帯びた。

「その派遣社員のスケジュールを組むのを邪魔されたんですが？」

ツンドラのように冷たい彼女の声に太郎は、ははははと乾いた笑いを漏らす。

「優秀なマネージャーの邪魔をさせる訳にはいかないなあ。ファルーク、こっちに来てくれよ。次の事業計画にも人手がいるだろ？　いいスタッフがいるんだよ」

「おい、タロウ」

太郎はファルークの肩を抱き、そのまま社長室へと連れて行こうとした。こちらを振り返ったファルークに、花子はここぞとばかりの業務的な笑顔を見せた。

「仕事に邁進《まいしん》する男性って素敵ですよね。尊敬します」

褐色の頬《ほお》が僅《わず》かに染まる。

「よし！　打ち合わせをするぞ、タロウ！」

「……単純すぎだろ、ファルーク……」

美形二人が社長室に消えたのを確認し、花子はふっと腕の中の花束に目を向けた。花片《はなびら》は深紅のビロードのようで、巻きの数も多い。どう見積もっても最高級の薔薇だ。香りも濃厚で素晴らしい。

「花瓶を用意するのも大変だっていうのに」

花瓶《備品》をこれ以上購入するのも経費の無駄だろう。そうだ、末日付けで退職する女性社員が複数いたはず。束をばらして渡せば、有効活用できそうだ。

邪魔者が消えたことで、花子の指の動きが速くなる。たたたたっとキーボードを叩いてメールの返信を終えた花子は花束を抱えて席を立ち、ついでにショルダーバッグを左肩に掛けた。

「さて、と」

もうすぐランチタイム。同期の前場《まえば》かおりと、お得なパスタランチが楽しめる店に行こうと約束している。その前に総務に寄ってこの大袈裟《おおげさ》なお土産《みやげ》をなんとかしよう。

さっさと歩き出す花子の頭の中からは、雄《おす》の匂いをぷんぷんさせて自分に迫るシークの面影が――全く残っていなかった。


「相変わらず、モテモテじゃない、花子」

けらけらと笑うかおりを、花子はじと目で睨み付けた。

「他人事だと思って」

くるくると上手にフォークにパスタを巻き付けながら、かおりはさらりと言う。

「まあ、他人事よね～。だって彼《シーク》、花子にしか興味ないし」

「……」

「入って二ヶ月ですぐ辞めた派手な子、シークに迫って撃沈《げきちん》したじゃない？　『君には興味がない』ってはっきり言われちゃって。顔のいい男ばかり引っ掛けてた女だったから、いい気味だったわ」

花子は目の前に座るかおりを見た。総務部に所属するかおりは、ゆるくカールしたセミロングの髪とぱっちり二重が人目を惹《ひ》く、華やかな美人だ。服装だって、備品のように面白みのない花子と違って、オフホワイトと金が混ざった生地《きじ》のスーツで華やかに決めている。二年前に華燭《かしょく》の儀《ぎ》を挙《あ》げた証拠が左薬指で光っているのも、リア充の象徴のようだ。

「ああ、安藤さんね。わざわざ辞める前に私のところに来て『きっと美人ばかり相手にしてたから、あんたみたいな顔も名前も地味な女が珍しいのよ。いい気にならないで！　そのうち飽きられるから』って言い捨てていったわ」

花子はフォークをぷすりとレタスに刺した。かおりみたいな美人だったら、こういう煩《わずら》わしさもないのかもしれない。むしゃむしゃとサラダを食べる花子に、かおりは目を細めた。

「花子は社長の右腕で、我が社一の敏腕マネージャーでしょう。シークが惚《ほ》れても不思議じゃないと思うけど」

むっとした表情になった友人を見て、花子も苦笑する。

「そんなこと言ってくれるの、かおりぐらいよ。彼に夢中な女性社員もいるから、やりにくい

った ら」

花子の脳裏に、派手に煌《きら》めく彼の顔が浮かんだ。

ファルーク＝スレイマン。年齢は社長と同じ三十五歳。ファイアオバルでは黒髪黒目、褐色の肌が普通だが、彼は褐色の肌に金髪碧眼《へきがん》。やや吊《つ》り目の瞳に高い鼻筋、男らしい唇が人目を惹《ひ》く美形で、ハリウッドスターだと言っても通るだろう。髪と瞳の色は、準ミスフランスに選ばれたフランス人の母親譲りで、長身で広い肩幅の体躯《たいく》はファイアオバル人の父親の血筋。その昔砂漠で戦った民族の末裔《まつえい》とかで、筋肉質の逞しい身体付きが特徴らしい。母親の美しさと父親の逞しさの両方を引き継いだ彼は、歩いているだけで色気駄々《だだ》漏れな人物だ。

その容姿と石油王という触れ込みから、彼は社内中の独身（下手《へた》をすれば既婚の）女性から狙われている。彼女達からすれば、ファルークが口説いているのにすげなく断っている花子が目障《めざわ》りで許せない、となるらしい。

——あんたみたいな平凡な女、彼に相応《ふさわ》しくない。

彼女たちの意見を要約すると、そういうことだ。

まだ温かみの残るロールパンを引き千切《ちぎ》って、花子はぼやいた。

「せめて名前が、画数多い方の『華子』ならまだ、ねえ」

『平凡なのが一番だよ、花子』

花子の名付け親である亡き祖父、山田太郎《たろう》は、若かりし頃海外協力隊員として、様々な地域に赴《おもむ》いていた。そんな祖父は日本が如何《いか》に恵まれているかを常々力説しており、『平凡で平和な人生を送れるように』『野に咲く花のように』と願いを込めて『花子』という名前にしたらしい。

「でも、名前のお陰で社長と気が合ったんでしょ」

「まあ、そうだけど」

花子は入社面接のことを思い出した。紺《こん》のリクルートスーツに身を包み、緊張気味に椅子に座る花子に、太郎はにこやかに話し掛けてきたのだ。

——山田花子さん？　俺も名前が鈴木太郎っていうんだ。何だか、親近感が湧くね。

——私の祖父の名前も太郎です、奇遇《きぐう》ですね。

そこから会話が弾《はず》んだ。花子も名前で揶揄《からか》われることが多かったが、太郎もそうだったらしい。平凡な花子に比べると、スマートなイケメンである太郎は苦労が多かったようだ。

——名前を言った途端、微妙な顔をされることもあってね。顔と名前が合ってないって何度も言われたよ。

ああ、そうよね、と花子は深く同情した。地味な見かけの自分とは違い、太郎はかなり華やかなイケメンの部類に入る。俗にいうきらきらネームでも、全く名前負けしない顔なのだ。自分は『名前と同じで顔も地味』だと揶揄《やゆ》されたが、太郎は逆だったのだろう。

太郎は面接で花子をいたく気に入ったらしく、入社後すぐに彼女を自分のアシスタントに抜擢《ばってき》した。イケメン社長を狙っていた外野はやいのやいのと騒いだが、花子は冷静に対処し続け、『鉄仮面《てつかめん》マネージャー』のあだ名を頂戴《ちょうだい》するまでになる。

「でもねえ、あんないい男だったら、ちょっと恋するぐらい、いいんじゃない？　彼だったら騙《だま》されても構わないって叫んでる女、沢山いるわよ」

花子は白いマグカップからコンソメスープを一口飲み、ふうと息を吐く。

「あのねえ、彼が本気でないことぐらい、すぐ分かるでしょ。自分の言いなりにならない女が目新しいだけよ。大体、私は仕事に生きるって決めたんだから」

そう、男性と付き合った経験もないまま、もうすぐ三十路《みそじ》を迎えるし。そうしたら、魔女になって君臨してやるわ。

そう花子が言うと、かおりは「処女のまま三十歳を迎えたら魔女になるって都市伝説、本気で実行する気？」と半分呆《あき》れ顔になった。花子は「そうよ」と一言呟《つぶや》く。

（男に振り回されるのは、もう真《ま》っ平《ぴら》ごめんだわ）

小さい頃から地味な花子に興味を向ける男子はいなかった。真っ直ぐな黒髪に、黒縁眼鏡。真面目で成績優秀だった彼女はいつも『皆から煙たがられる学級委員』『厳しい風紀委員』等々の役員を歴任し、ますます近寄りがたい雰囲気を醸《かも》し出していたらしい。

花子自身も人見知りで、特に男子と自然に話す、なんてことはできなかったため、堅苦しさは増す一方。市の図書館で借りて読んだ、恋愛小説のヒーローに憧れる可愛《かわい》い高校生だった。

(あの頃ロマンス小説に嵌《はま》って……特にアラビアンヒーローが好きだったのよね)

砂漠をバックに、颯爽《さっそう》と馬を乗りこなし、真っ白なカンデューラを着こなした、長身で逞しい男性。強引にヒロインを攫《さら》ったりもするが、彼女の危機に駆《か》け付け、敵をあっという間に蹴《け》散らしてしまう。どきどきしながら、小説を読み進めたものだ。

(おじいちゃんがあんなこと、言ってたからっていうのもあるけれど)

――なあ、花子。いつか、王子が花子を迎えに来るかもしれないぞ?

祖父が砂漠の国に行き、そこで井戸を掘る支援活動をしていた時の頃。豊かな水源を掘り当てた祖父は、支援を依頼した部族の長《おさ》にいたく感謝された。ラクダも羊《ひつじ》もいらない、国に妻がいるから第二夫人もいらないと断った祖父にその長は、『ならば、互いの子を娶《めあわ》せよう。これはその証《あかし》だ』とこぶし大の緑色の石をくれたそうだ。その石は、祖母が帯留《おびど》めにして使っていて、今は花子の手元にある。

（おじいちゃんの子――つまり、お父さん世代は同性だったから、約束が果たせなくて、結局うやむやになっちゃって）

日本とファイアオバルでは距離があり過ぎた上に、どうも向こうでごたごたがあったらしく、音信不通となってしまったのだ。祖父は懐かしそうに当時の出来事を花子に語り、『いつか王子様が』と半《なか》ば本気で言っていたと思う。

そんな夢物語を心のどこかで期待してた自分は、やはり甘かったのだ、と今なら言える。

――あんな地味女、本気にするわけないだろ？　レポートとか肩代わりさせるのに便利なだけだって

せせら笑っていた男の顔を思い出し、花子はぐっとフォークを握り締めた。

ロマンス小説に淡《あわ》い憧れを抱《いだ》く、純真だった花子は、大学生の時に死んだのだ。そして爆誕《ばくたん》したのが――

「シークの戯言《たわごと》にいちいち付き合ってられないわよ、仕事も溜《た》まってるのに」

少女時代に憧れた生身のヒーローが目の前にいるのに、ばっさり切り捨てる鉄仮面の花子。

「もったいないわねえ」

残念がるかおりをスルーして、花子は再びパンに手を伸ばしたのだった。

＊＊＊

「今日のハナコも可愛らしかったな」

「……なあ、ファルーク」

向かいのソファにゆったりと座り、口元に笑みを浮かべている親友に、太郎は疑いの目を向けた。

「ワザとだろ？　花子さんへの態度」

「何がだ？」

そらとぼける彼に、太郎は、はあと重い溜息をついた。

「彼女がチャラチャラした男、嫌いなのは知ってるだろう。なのに、薔薇の花束贈って、口説き文句並べて、それらしく振る舞ってるのは、何故《なぜ》だ？」

ファルークがすっと青い瞳を細める。端整な顔に浮かぶのは、花子の前では見せていない威圧感を感じる表情だ。

「ああした時、ハナコがどんな態度を取るのか見たくてな。まさに彼女は私の理想だ」

「お前なあ……」

太郎はまた溜息をついた。長い脚を組んで優雅に座る目の前の男は、どう見ても王者にしか見えない。ただ、花子の前では『ひたすら求婚する軽い男』を演じているだけだ。

(こいつ、女を口説いたこともないくせに)

黙っていても女性が寄ってくる容姿に頭脳、そして財力。ファルークが少しでも関心を向ければ、身を差し出す女性など、いくらでもいる。そんな女性達に追い回されたせいか、ファルークは女性に対して儀礼的な態度しか取らない男だ——いや、だった。

(まさか、花子さんにちょっかい出すようになるとはなあ……)

三ヶ月前、自分を訪ねてきたシーク姿のファルークに応対したのが彼女だ。花子はいつもの冷静な態度で社長室にファルークを案内して茶を出した後、『では、ごゆっくり、ミスター・スレイマン』とあっさりその場を立ち去ったのだ。ファルークが目を見張ったのを太郎は見逃さなかった。

『——タロウ。今の彼女は？』

花子の後ろ姿を追う、ファルークの顔付きに嫌な予感がした。

『山田花子さん、敏腕《びんわん》マネージャーで俺の右腕。社長秘書の仕事もしてもらってる』

ファルークの青い瞳が妙に輝く。

『……ハナコ、か』

(まずかったか……)

口元を曲げて薄ら笑いを浮かべるファルークに、ぞっと寒気がしたのは気のせいじゃない。

アラビアの伝統衣装を身に纏《まと》ったファルークは、男の自分でも見惚《みと》れるぐらい、圧倒的なオーラを漂わせている。大抵の女性は彼を見て、うっとりと頬を赤らめるのに——花子はまるで意《い》に介《かい》さずだったのだ。ファルークに個人的興味を抱かない、その態度が彼の気を惹いたとは何たる皮肉だろうか。

『タロウ』

にっこりと微笑《ほほえ》むファルークの笑顔は、ひたすらに黒かった。

『今からハナコを口説く。邪魔するな』

邪魔をすれば友人と言えども容赦《ようしゃ》しない。その副音声が聞こえた太郎は、頭を抱えたのだった。

「お前、まだ諦《あきら》めないつもりか？　全く進展してないだろうが」

太郎がそう問い掛けると、ファルークはくっくと楽しそうに笑う。

「ハナコは極上の女だ。手に入れるために、努力するのは当たり前だろう？　次はどうしようかと考えるのも楽しくて仕方がない」

（こいつ、こういう奴《やつ》だったな）

太郎は遠い目になった。ファルークの父には妻が四人おり、当然肉親の数も多い。兄弟同士で争う環境で生まれ育ったと聞いている。自らの力が頼りの弱肉強食の世界で生き抜いてきた男。

地位も財力も手に入れた男が求めているもの、それが――男性に興味がなく、ファルークを恋愛対象として見ない彼女、なのだ。

「花子さんは、ああ見えて繊細なところもあるんだ。手折《たお》ったら責任持てよ」

太郎の言葉に、ファルークは目を瞬《またた》いた。

「最初から、ハナコとケッコンするつもりだと言っているだろう。父のように妻を複数持つつもりもない」

「それはそうだが」

複数の妻のうちの一人になれ、などと花子に言ったら、ファルークの頬にビンタの痕《あと》が付くに違いない。お得意様で親友であるファルークと敏腕マネージャーの傷害事件だけは避けてもらいたい。

「大丈夫だ、タロウ。私は自分の宝は大切に仕舞《しま》っておく主義だからな」

にっこりと微笑むファルークに太郎は、「拉致監禁《らちかんきん》だけはしないでくれよ。日本じゃ犯罪だからな」と釘《くぎ》を刺しておいたのだった。

＊＊＊

「え、私がシーク・ファルークの臨時秘書に？」

かおりとの昼食から戻って来た花子は、早々に社長室に呼び出される。満足気な笑みを浮かべるファルークに、彼の真向かいでやれやれといった表情を浮かべる太郎。何だろうと思っていたら——この男《ファルーク》の秘書に⁉

（何、我儘《わがまま》言ってるの、このシークは⁉）

花子の苛立《いらだ》ちを感じ取ったのか、太郎が説明を始めた。

「こいつ、新事業を立ち上げるらしい。それで人手が足りないそうだ」

花子は太郎の横に立ったまま、くいっと眼鏡の縁を上げた。

「秘書なら、私でなくても他にいるでしょう。必要なスキルを言って頂ければ、すぐに」

「君がいいんだ、ハナコ」

ファルークの低い声が花子の言葉を遮《さえぎ》った。上目遣《うわめづか》いに花子を見上げる彼の瞳は、何とも言えない色気を漂わせている。

「秘書を募集し始めて二週間、応募してくるのは私の妻の座を狙う肉食獣《にくしょくじゅう》や、金を絞《しぼ》り取ろうとする亡者《もうじゃ》ばかりでね。仕事にならず、ウンザリしているんだ」

女性にモテることを隠しもしないファルークは、ある意味潔かった。

「その点ハナコは、仕事とプライベートは分けてくれるタイプだし、私に迫ったりしないだろう？　……もっとも、ハナコにならいくらでも迫ってもらって構わないが」

花子はファルークの流し目をさらっとかわした。

「シーク・ファルークに迫る必要性はありませんから」

太郎が眉を八の字にする。

「頼むよ、花子さん。ファルークも困っているらしいし、アポイントの調整や来客対応は花子さんの得意技だ。冷静にファルークの秘書ができる人材は、花子さんしかいないんだよ」

「まあ……それはそうですが」

ざっと空いている要員を頭の中で並べた花子は、渋々頷《うなず》いた。ファルークに色目を使わず、秘書業務もこなせる……となると、候補者が限られる。

（ったく、無駄な色気を振り撒《ま》いてるんだから、この男性《ひと》は）

金髪と褐色の肌と青の瞳の組み合わせが鮮やか過ぎて、だぼっとしたスウェットスーツを着ていたとしても一目で彼だと分かるだろう。イケメンにロクな奴はいない、という信条を掲《かか》げる花子ですら、ふと見せる表情に目を留《と》めてしまうこともある。

おまけに逞しい体躯に低くて甘い声の持ち主だ。百戦錬磨《ひゃくせんれんま》の女性達が何人も彼に陥落《かんらく》した。

かといって、今は男性秘書の空きもない。

……そう考えると、社内に適当な人材がいないという結論になってしまう。花子の眉《まゆ》が一文字になった。

「ですが、私がシークの秘書となる間、社長の秘書業務はどうするのです？　今仕事が空いていて、社長秘書をこなせる社員は」

「ああ、それなら」

ひらひらと太郎が右手を振る。

「ファルークの会社の秘書を回してくれるそうだ。ファルークとは相性が悪くてだめだが、俺なら大丈夫そうだと言われた」

花子が不審な目をファルークに向け、次《つ》いで太郎を見た。

「……どんな秘書なんです？」

「金髪でボンキュッボンで日本語堪能《たんのう》で」

花子はくっと口端を上げ、凍《こお》り付くような笑みを太郎に投げる。

「一度あの世とやらに行ってみますか、社長？　そうすれば、そのお花畑の頭も何とかなるかと」

ぽきぽきと指を鳴らす花子に、おおこわ、と太郎がぶるりと身体を震わせた。

「まだ死にたくないから、遠慮しておく」

力技のハナコも素敵だ、と呟いたファルークが頷く。

「あの秘書ではハナコの美しさに敵《かな》わないからな。ハナコで免疫《めんえき》ができているタロウなら大丈夫だろう」

にこやかにそう言い切る彼を横目で見た花子は、ついに大きな息を吐いた。

「肉感的なブロンド美女に脳までやられないようにすると約束して下さるなら、プロジェクト立ち上げに携わらせていただきます――ただし！」

ぱっと立ち上がり、両手を大きく広げて花子を抱き締めようとしたファルークに、花子は人差し指を突き付けた。

「仕事の邪魔になる行為があれば、すぐに引き上げさせていただきます。その条件で、よろしいですよね、シーク・ファルーク？」

「もちろんだとも、ハナコ。ハナコが嫌がることはしないと、神に誓《じぎ》おう」

わざとらしく、右手を胸に当ててお辞儀をしたファルークに、花子はすっと目を細めたのだった。

その2．勝負しなさい！

　カタカタカタ……

　FS&Yコーポレーションの社長室にリズミカルな打鍵音《だけんおん》が響く。黒いキーボードの上を滑《なめ》らかに動く花子の指先。モニタ画面を見る花子の目は、部屋の奥にいる誰かの姿をまるで映していなかった。

「ハナコ」

　ファルークの声に、花子は視線を彼に移す。大きめのガラス窓を背にして革張りの椅子に座る彼は、さっきまで見ていた書類の束をスチール製の机の上に置いていた。

　午後の太陽の光が差して、金色の髪がきらきらと輝いている。まるで後光だわ、と花子は思った。

　会社でのファルークは民族衣装ではなく黒のスーツを着ていたが、駄々漏れの色気は変わらない。金髪も褐色の肌も煌めく青い瞳も、ロマンス小説に出てくる石油王そのものだ。……実際、石油王なのだが。

「少々お待ちください。取引先への回答メールを先に出してしまいますから」

「相変わらず仕事熱心だな、ハナコは」

　にっこりと妖艶《ようえん》な笑みを浮かべるファルークに会釈《えしゃく》した花子は、猛スピードでメール本文を書き上げ、ざっとチェックした後送信し、ファルークの机の前に向かった。社長室の左右の壁は一面書架《しょか》となっていて、その奥が社長席。花子が座っていたのは、入り口近くに設置された秘書の作業机だ。その机の隣に、レンタルコーヒーサーバーや紙コップの類が置いてある机がある。部屋の大きさは十畳《じょう》ぐらいで、大企業の社長室の割には、飾り気のない部屋だった。石油王らしく、金箔《きんぱく》が貼ってあるキンキラキンの部屋なのかと思っていた花子が拍子抜けしたぐらいだ。

「お待たせしました、社長。ご用はなんでしょうか？」

　相変わらず黒のタイトスカートスーツを着ている花子を、彼はじっと見上げている。机の上で組んだ長い指が色っぽく感じるのは何故だ。上目遣いの熱っぽい視線に落ち着かない気分を味わう花子だが、そんな素振りは表には一切見せなかった。

「ここに来て二週間になるが、何か困ったことはないか？」

　花子は僅かに首を傾《かし》げた。

「いえ、特には。皆さん親切に教えてくださいますし、仕事内容は以前と変わりませんから」

「そうか。……では」

青い瞳がぎらっと光り、薄い唇がにいと弧《こ》を描いた。

「そろそろデートしてくれないか、ハナコ。君の瞳に私だけを映して欲しいんだが」

「お断りいたします」

花子が答えるまで一秒も掛からなかった。表情を変えない花子を見つめるファルークは、楽しそうに笑う。眩《まぶ》しすぎる笑顔を見ても、花子の視線は揺らがなかった。

ファルークはふうと大袈裟《おおげさ》に溜息をつく。

「つれないな、ハナコは。これは仕事だ。明日経済界のパーティーに、とある会社の社長が出席すると言う噂《うわさ》を耳にしてね。交渉を持ち掛けたいんだが、是非《ぜひ》ハナコに同行を頼みたい」

なら、最初から仕事だと言えばいいのに。

心でついた悪態とは違う秘書の声で花子は尋ねる。

「私でよろしいのでしょうか？　パーティー慣れした秘書でしたら他に」

花子の言葉をファルークが遮る。

「あくまでパーティーを楽しんでいる風に見せかけて、それとなく話をしたいのだ。ハナコなら気を利《き》かせてくれるだろう？」

（そういうことね）

秘書の面々を思い浮かべた花子は、内心溜息をついた。花子が派遣秘書としてファルーク付きとなった途端、元いた秘書達は皆、彼女を目の敵《かたき》にした。ファルークの美貌と経済力に脳をやられているらしい。そんな彼女達をパーティーに同行させたら……『我こそはファルークの恋人』と言わんばかりの態度を取りそうだ。自分ならその心配は全くない。

「それでしたらお引き受けいたします」

ファルークの笑みが深くなった。うっかり見惚れてしまいそうになる笑顔に、花子は一層身を引き締める。

「ありがとう、ハナコ。では、パーティー用のドレスを用意してくれ。もちろん経費だ。ここに連絡してみてくれ」

彼が艶《つや》のある革の名刺入れから名刺を取り出した。受け取ったそれには、高級ブランド品を取り扱っていると有名な、ブティックの名前が記《しる》されている。

「承知いたしました。領収書は経理部に直接渡した方がよろしいでしょうか？」

「ああ、私に貰えるかな。他の経費と合わせて精算する」

「では、後ほどお渡しします」

(花束とかお菓子とかの贈り物と一緒にするのかしら)

花子がファルークの秘書になってからも、取引先に何度か届け物の手配をしている。そういった習慣も日本人の前社長から引き継いだのだそうだ。

(オイルマネーで社長の座を買った、なんて反発も社内にあったって聞いたわね)

それはその通りらしいが、ファルークが社長になってからは、才能ある若手を登用し、斬新《ざんしん》な案も採用、経費も締めるところは締めて出すところは惜《お》しみなく出す、という経営方針となり、大半の社員は彼を歓迎しているそうだ。社内の風通しがよくなった、と特に若手層に人気があるらしい。ただのスケコマシという訳ではないのだ、このシークは。

「今からでも行って欲しい。ドレスを選ぶのにも時間が掛かるだろうから」

「今はまだ業務時間中ですよ？」

眉を顰《ひそ》めた花子に、ファルークはからからと笑った。

「これも業務の一環だろう。明日も午後はパーティーの準備に時間を当てて欲しい」

「はい、承知いたしました」

納得いかない部分も多々あるが、パーティーに相応しい格好をするのも業務の一つ、と言われてしまうと仕方がない。

渋々《しぶしぶ》頷いた花子を見るファルークは、どう見ても腹に一物ありそうな笑顔を浮かべている。掴《つか》みどころのない、もやもやした気持ちが花子の心に湧《わ》いた。

(悔しいけど、仕事ができる男なのよね)

相変わらず『ケッコンして欲しい』『黒曜石《こくようせき》の様な黒い瞳が綺麗《きれい》だ』『艶《あで》やかな髪に顔を埋めたい』等々の歯が浮きまくる台詞《せりふ》を口にはするが、ファルークは上司としては最高だった。花子の能力を見極め、彼女がぎりぎりこなせる仕事量を振ってくる。頭の回転が速い彼について行くのは大変だが、自分の限界にチャレンジしている毎日はとても刺激的で、楽しささえ感じていた。

（これであれさえなければ）

と花子が思っていたところで、コンコンとノックの音がした。

花子がドアに向かい、ドアを開けようと手を伸ばした瞬間、がちゃりとドアノブが回り、ドアが外側に開いた。

むっと香る濃厚な薔薇の香りに、花子は眉を顰める。そんな彼女に目もくれず、さっと部屋に入って来たのは、艶やかな長い黒髪をなびかせた褐色の肌の美女。ブルーのアイラインを引いたアーモンド形の黒い瞳をファルークに向けた彼女は、豊満な胸が半分ぐらい見えているオフショルダーの赤いドレスを着ていた。歩く度に、大胆に入ったスリッドから太腿《ふともも》まで見える。

花子の左横を通り過ぎる時に、彼女が付けている大きな金輪のピアスがしゃらんと音を立てた。

（ああ、今日もなのね）

花子が内心溜息をつくのと同時に、赤いルージュを引いた唇から早口のフランス語が飛び出す。

『ファルーク！　パーティーに出るって聞いたわよ⁉　パートナーが必要なのに、どうして私に連絡くれないの⁉』

ゆっくりと席を立ったファルークは、真っ赤な唇を尖《とが》らせている美女の前に立ち、冷《さ》めた目で彼女を見下ろした。

「日本語で話したらどうだ、マルジャーナ。ここにはハナコもいるだろう」

一瞬、彼女はぴくりと肩を震わせたが、振り向いて花子を見た瞬間には綺麗な笑顔を浮かべ流暢《りゅうちょう》な日本語を口にした。

「あら、ごめんなさい。ミス・ヤマダがそこにいるなんて、気が付かなかったから」

――あんたみたいな地味女、目に入る訳ないじゃない
という副音声も、先程フランス語で話した言葉もちゃんと聞き取っていた花子は、義務的な笑顔を浮かべ返した。

「いいえ、お気遣いなく、ミス・マルジャーナ。慣れておりますから」

――あなたみたいに、この男に群がる女性には
マルジャーナの口元がぴくりと動いたところを見ると、花子の副音声も相手に届いているようだ。

口をへの字に曲げたマルジャーナを見たファルークが、やれやれと首を横に振った。

「パーティーに連れて行けということだが……あれは仕事だ。取引を考えている会社の社長が出席すると聞いたからな。マルジャーナでは無理だろう。パートナーはもうハナコに頼んだ」

キッと花子を睨み付けるマルジャーナに、花子は無表情を貫《つらぬ》いた。

「やあね、ファルーク。ミス・ヤマダには荷が重いんじゃないかしら。パーティーなんて出たことないでしょうし、相応しい格好するのも大変そうだわ」

（衣装を用意してもらうことは、明かす必要もないわよね）

どうやってこの場を辞《じ》しようかと花子が考えていた時、マルジャーナの右手が、ファルークの二の腕に伸びた。

「私なら、あなたの隣に立つのも慣れてるし。どう？」

上目遣いに目をぱちぱち瞬かせ、親密なムードを醸し出す彼女の思惑に、花子はこれ幸いと乗る。

「では、私はこれで失礼いたします。本日はお言葉に甘えて、このまま直帰《ちょっき》とさせて頂きますね、社長？」

「……ああ。ご苦労様」

してやったりとほくそ笑むマルジャーナの顔とは裏腹に、ファルークは苦虫を噛《か》み潰《つぶ》したような顔だったが、いい気味としか思えなかった。花子はぱぱぱっと手早く後片付けをし、ウールの黒いコートと黒の鞄《かばん》を手に取り、深々とお辞儀をして社長室を後にしたのだった。

＊＊＊

『本当、気が利かない、野暮《やぼ》ったい秘書よね。あんな人連れていたら、あなたの恥になるわよ、ファルーク』

社長室の右隣に設置された、応接室のソファに座ったマルジャーナは、派手に眉を顰めて見せた。真向かいに座ったファルークも表情を硬くした。

『彼女は優秀な秘書だ。わざわざ来てもらっているのだから、失礼な態度を取らないようにしろ』

ふんと鼻を鳴らしたマルジャーナに、ファルークは苛立たしい気持ちを抑える。

マルジャーナ＝スレイマンはファルークの大勢いる従妹《いとこ》のうちの一人。見た目はアラビアンナイトに出てくる踊り子のように妖艶な美女だが、中身は毒蛇《どくへび》だ。目を付けた男を次々と陥落《かんらく》させ、邪魔とみなした女は徹底的に排除する。既婚者にも手を出すため、彼女がきっかけで離婚騒動になった夫婦も片手の指数では済まない。そんなマルジャーナが、ファルークを追いかけるように日本へやって来た目的は――

（私を陥落させたところで、王位に届く訳でもあるまいに）

長い脚《あし》を組み替えたファルークは、皮肉っぽく笑った。今年二十四になるマルジャーナには崇拝者《すうはい》も多く、縁談も多いようだが、彼女を満足させる金と地位と容貌を持った男は中々いないのが現状。ファルークは彼女のお眼鏡に適《かな》ったらしく、従妹という縁《えん》を利用して取り入ろうとする態度が、ここにきて酷《ひど》くなってきている。

『ファルーク、ファイアオバルに帰る気はないの？　イバル様の体調もよろしくないって聞いたわ。日本にいたら出遅れてしまうわよ』

『出遅れる？　何に？』

ファルークが澄ましてそう言うと、マルジャーナの顔に一瞬苛立たし気な表情が過《よ》ぎる。

『だって、イバル様の傍《そば》にはラシッド様やシャガール様がいるのよ？　あなたの正当な権利を彼らに奪われても構わないの？』

ファルークはすっと青い目を細めた。

『祖父の体調まで気に掛けてくれるとは、我が従妹殿は優しいな。だが、心配ない。弟は私の害となることはしない。彼の母も同様だ』

ファルークの冷たい気配に気付いたのか、マルジャーナはほほほと焦《あせ》ったように笑った。

『そ、そうよね。あなたが負ける訳ないわね』

マルジャーナの媚《こ》びを売るような笑みを見ていると、あのハナコの儀礼的な笑みが清々《すがすが》しく思えてくる。

（うむ……）

山田花子、二十九歳。日本人の女性にしては長身で、すらりと均整の取れた身体付きをしている。艶やかな黒髪を一つに束ね、黒縁眼鏡を掛けた彼女は滅多《めった》に表情を崩さない。だが、シミ一つない白く滑らかな肌も、自分を睨み付ける漆黒《しっこく》の瞳も、きゅっと引き締められた官能的な唇も、マルジャーナとは比べ物にならないくらい、劣情《れつじょう》をそそられる。

堅苦しいスーツを脱がせて、ベッドの上に黒髪を広げ、あの瞳が懇願《こんがん》に潤《うる》むところを見てみたい。

ふっとファルークは自嘲《じちょう》するように口元を綻《ほころ》ばせた。

（祖父《イバル》の願いを叶《かな》えるためだったが、こんな想《おも》いを持つとは思わなかった）

――日本に行け、ファルーク。そして探してくれ。約束を果たすために。

（……面白い）

ファルークが口説いてもなびかない女。そのハナコを陥落させるために、どうするのか。考えるだけでも、ぞくりとする程楽しくて仕方がない。

『ファルーク、今度父と母が日本に来るの。パーティーを開くから来てもらえないかしら？』

甘えた声を出すマルジャーナを前にして、ファルークは含み笑いをした。

『ああ、いいだろう』

たまにはマルジャーナ側の親族にも繋《つな》ぎを付けておく必要があるだろう。ファルークが頷くと、マルジャーナはぱっと大輪の花が咲いたような笑顔を見せた。その笑顔にも、ファルークの心は一ミリたりとも動かない。

『ありがとう、ファルーク！』

ぱっと席を立ち、抱き付いて来たマルジャーナの身体を支えるファルークの顔には、皮肉めいた笑みが浮かんでいた。

＊＊＊

花子が到着したのは、駅前の一流ホテル近くにある、高級ブティックだった。黒と金を基調にした入り口の左横には大きなショーケースがあり、薄いブルーのドレスを着たマネキンが飾られている。店内に入ると、茶色の髪をアップに纏めた、黒のワンピースを着た女性が「いらっしゃいませ」とお辞儀をした。花子が名刺を見せ、事情を話すと女性はにっこりと微笑む。

「お待ちしておりました、山田様。当店のオーナーである葛城《かつらぎ》と申します。スレイマン様からお話は伺《うかが》っておりますわ。どうぞよろしくお願いいたします」

「こちらこそ、よろしくお願いいたします。ドレスは着たことがないので、色々と教えて頂きたいのです」

花子がそう言うと、葛城の瞳がきらりと光った。花子の背筋がぞぞぞと寒くなる。

「では、こちらにいらして下さい。何着かパーティーに相応しいドレスをお出ししますわ。そうそう、アクセサリーや靴、バッグも一式合わせましょう。スレイマン様のお気に召すよう、全力でお手伝いさせていただきますわっ！」

「え」

固まった花子に、葛城が頬を染めながらうっとりと言う。

「一目惚《ひとめぼ》れとお聞きしました。『私の女神の美しさを最大限に引き出して欲しい』と言われましたのよ！　本当に愛されてらっしゃるんですね！　素敵です！」

（ど、どうしてそんな話になってるの⁉）

単なる業務上の話ではなかったのか。大きく目を見開いたままの花子の前で、葛城が物語を語り始めた。

「ファイアオバルからお祖父《じい》様の命《めい》を受けて日本に来られたスレイマン様は、親友を訪ねた時に自分の運命に出会われたそうですわ」

「は」

「艶のある黒髪に黒曜石の瞳、白い肌は大理石《だいりせき》のよう。砂漠のオアシスに咲く薔薇の色の唇から紡《つむ》がれるのは、心を震わせる女神の声。この女性こそが運命の女《ひと》だと確信した、今までこんなにも愛《いと》しいと思える女性に会ったことはない、そうおっしゃられたのですよ、あの方は！」

「はあああ⁉」

（ななな、何他人に言ってるのよ、あの人はっ！）

自分に言われた分には聞き流せばいい。だが、初対面の人間から、自分への賛辞《さんじ》を聞かされるなんて。

かっと頬が熱くなった花子に、葛城は分かってますすと頷いた。

「ええ、ええ、何と言っても、ファイアオバル有数の石油王ですものね、スレイマン様は。今まで噂になった美女は数知れず、それでも決して一人の女性に心を傾《かたむ》けることなど、なかったお方……それが……！」

葛城のキラキラした瞳やほんのり染まった頬を見るのも気恥ずかしい。一目散《いちもくさん》に逃げ出したい気持ちを抑《おさ》えるのが精一杯だ。

「スレイマン様に相応しいお姿に仕上げてみせます！　山田様は磨けば光る素材とお見受けしました。ああ、腕が鳴りますわ～」

「は、はは……は」

もう笑うしかない。花子は興奮して鼻息が荒くなった葛城に連れられて、奥の部屋へと向かったのだった。

＊＊＊

煌びやかな一流ホテルの正面玄関に、白いリムジンが静かに停《と》まった。赤い帽子を被ったポーターがドアを開け、恭《うやうや》しくお辞儀をする。降りてきたのは、白のクーフィーヤとカンデューラを身に付けた、背の高い男性。その堂々たるオーラに、周囲にいた人が動きを止め彼に注目する。男性がリムジンに向かって大きな手を差し出すと、その手に華奢《きやしや》な手が乗せられた。

かつん、とヒールの音が響く。手を取られて降りてきた女性を見た通りすがりの男性が、ほうと感嘆《かんたん》の溜息を漏らした。

開いたガラスの自動ドアを潜《くぐ》り抜け、パーティー会場に入った途端、彼らの姿は、否応《いやおう》なく人目を惹く。

クーフィーヤの下から見える金色の髪が、シャンデリアの灯《あか》りを受けてきらりと輝く。深い青の瞳は、左隣にいる女性ただ一人を愛《いと》おし気に見つめていた。肉感的な唇が弧を描き、白い歯がちらりと見える。褐色の肌とその姿から、アラブのシークを連想する女性達もいるだろう。その男性の大きな左手は、ほっそりとした彼女のウエストに回されていた。

二メートル近く身長のある彼より十五センチほど背の低い女性は、漆黒の髪と瞳、白い肌の日本人だ。艶のある髪をアップにし、サファイアとダイヤモンドが埋め込まれたプラチナの羽飾りで纏めている。やや吊り目がちの瞳にすっと通った鼻筋、オレンジがかった赤いルージュをひいた唇が、まるでギリシャ時代の女神像のように見えた。涙型をしたサファイアのイヤリングが、彼女が歩く度にゆらゆらと揺れる。

すらりと背の高い彼女が着ているのは、ワンショルダーのブルーのイブニングドレス。隣の彼の瞳の色とよく似た青だ。右肩からウエストに流れる光沢のある生地が身体のラインを露《あら》わにしている。ウエストから足首まである スカート部分はあまり広がっておらず、脚の動きに合わせてドレープが優雅に揺れた。裾《すそ》から見えるヒールも、ブルー地にダイヤモンドが散りばめられている。彼女が左手に持つ銀色のパーティバッグにも、輝くダイヤが薔薇の刺繍《ししゅう》の上に縫《ぬ》い付けられていた。

露わになった首筋にかかるおくれ毛が妙に色っぽい。時折、彼女の耳元で彼が何かを囁《ささや》き、彼女の頬が赤くなる様を、何人もの人間が見ていた。

「まあ……ファルーク様があんな顔をなさるなんて」

「どなたなのかしら、あの女性は。今までお見掛けしたことありませんわよね？」

半分やっかみの入ったひそひそ声も、彼らには聞こえていないようだ。細いウエストに左手を回した彼が、彼女を経済界の重鎮《じゅうちん》達に紹介していく。

「いいわよねえ……ロマンス小説に出てくるシークのよう……」

彼らが歩いたその後には、幾人もの女性の溜息が零《こぼ》れ落ちていた。

＊＊＊

さて、会場にいる女性達の羨望《せんぼう》を一身に集めた花子はといえば。

（あああああ、人が反撃できないと分かってて、この男はーっ！）

……内心では、隣にいるファルークを蹴とばしてやりたいと思いつつも必死に我慢し、愛想笑いを浮かべていた。

あの日、張り切った葛城に次から次へとドレスを取り出され、花子はファッションショーのモデルと化してしまった。結局、ファルークの瞳の色に合わせたワンショルダーのドレスに、青を引き立てるプラチナやダイヤモンドを中心としたアクセサリーやヒール、セカンドバッグまで決められてしまう。

そして今日、ファルークに業務を切り上げられてしまい、昼過ぎからエステの施術を受け、ドレスを身に纏い、メイクに髪をプロに整えてもらったところで、シーク姿のファルークが迎えに来た。

『美しい。正に砂漠のオアシスに咲く一輪《いちりん》の花のようだ』

花子の右手を取り、手の甲にキスを落としたファルークは、葛城に『ハナコがより美しくなった。ありがとう』と礼を言い、至近距離なのに豪華なリムジンに花子を乗せたのだ。

もうそれからは、ファルークの独壇場だった。人前で甘い言葉を囁くファルークに蹴りを入れることもできない。派遣先の社長の評判を落とす訳にはいかないからだ。そしておまけに。

（……眼鏡がないと、薄ぼんやりとしか見えないっ……！）

さっきから挨拶《あいさつ》はしているものの、かなり至近距離でないと顔がはっきりと見えない。全体の身体のラインと声と色で何とか判別している有様だ。葛城にコンタクトを勧《すす》められたものの、どうしても合わず、目に入れられなかったのだ。眼鏡を掛けようとしたが、『ダメです！　目元のメイクの華やかさが半減されてしまいますから！　それにスレイマン様がエスコートされるとおっしゃってましたから、大丈夫ですわ！』と彼女に押し切られ、おまけに迎えに来たファルークに眼鏡を人質？にされてしまったのだ。黒縁眼鏡の入ったケースをあっさりと花子から奪ったファルークは、カンデューラの右ポケットにケースを滑《すべ》り込ませた。

そして彼は花子の右腕を取り、屈《かが》んで手の甲にキスをする。

『今日は私がハナコの目になろう』

そんな台詞を甘い声で囁かれた花子の肌に、鳥肌が立った。黒のスーツで武装している時とは違い、左肩が丸出しのこんな露出度の高い薄布のドレスでは、彼の温かい息さえ直接肌に掛かる。

『そ、そんなこと。私のことはお気になさらず、どうぞ皆様と交流なさって下さ……っ!?』

思わずへっぴり腰になり、ファルークから身体を離そうとした花子のウエストに、彼の左手が巻き付いた。ホワイトムスクのスパイシーな香りが、花子の鼻腔《びこう》をくすぐる。

『ハナコを紹介するという意味も兼ねているからな。ハナコは私の傍を離れないように』

きらりと光る青い瞳には、逃げ腰になっている花子を揶揄うような色が浮かんでいる。うう、と心で悪態をつきつつも、引き攣《つ》り笑いしかできない花子だった。

＊＊＊

礼服を着た白髪頭で細身の男性がファルークと談笑している。シャンパングラスを片手に持つ彼は、にこやかにファルークと花子に話し掛けてきたのだ。

「ミスター・スレイマン、今日は目が覚めるような美女をお連れですね。いや、羨ましいかぎりだ」

ファルークはぐっと花子を抱く腕に力を籠《こ》め、穏やかな笑みを浮かべて言った。

「ええ、ミスター・アンドウ。彼女は優秀な秘書なだけでなく、このように美しい人でしてね。私もライバルを蹴散らすのに精一杯です」

「おやおや、これはご馳走《ちそう》様と申し上げた方がいいようだ。幸運ですなあ、ミスターは」

花子の口元がぴくりと動く。さっきから愛想笑いのし過ぎで表情筋が引き攣りそうだが、何とか「ほほほ」と控えめに笑ってみせた。

(ああ、もう！)

仕事だと分かってはいても、ファルークの体温や誘惑するようなムスクの匂いが気になって仕方がない。しかも、花子がそわそわしているのを、気付いている風な彼の流し目も気に入らない。

（だいたい、どうしてこう身体に密着させてくるのよっ！）

この会場の誰よりも体格のいいファルークは、一番人目を惹いている人物だろう。カンデューラを着ている時点で、『シークだわ、シーク！』『本当にあんな煌びやかな人が存在するなんて』等々の女性達の溜息が耳に入ってくるのだ。その注目の人物が、花子の腰を抱いて隣に立っている。それだけで、精神がガリガリと削られる。

実はお目当ての社長とは、パーティー会場に入ってからすぐ、あっさりと話ができた。自信に満ちたファルークの声や態度に、すっかり呑《の》まれてしまった（ように見えた）社長は、『来週にでも御社にお伺いいたします』とこれまたあっさり約束してくれた。

（良かった、これでお役御免《ごめん》よね）

『先程の会話で目的達成ですよね？　では私はこれで』

と言い掛けた花子の腰をぐいと引き寄せたファルークが、耳元で囁いた。

『まだ挨拶したい人物がいるんだ、ハナコ。私の秘書である君が、私を見捨てて帰る、など言わないだろうね？』

そう言われてしまうと、花子としても引き下がるしかない。

『……分かりました』

渋々頷いた花子に、ファルークは妖艶な笑みを浮かべて見せた。褐色の肌のせいか、ちらりと見える歯の白さが眩しい。

『ハナコは笑って話に合わせてくれ。隣にいてくれるだけで、私の力になるんだ』

不本意ながらも、花子の心臓はぎゅっと掴まれたように痛くなる。こういう時のファルークはずるい。

被り物の下から見える金髪の輝きも、きりとした太めの眉も、熱を帯びた青い瞳も、高い鼻筋も、肉感的な唇も、引き寄せる大きな手も、蠱惑《こわく》的な匂いも、そのどれもが、むずむずするような落ち着かなさを花子に与えてくるのだ。


「――お待ちしていますよ、ミスター・アンドウ。では、ハナコ。次はこちらに行こうか」

いつの間にやら彼らの会話は終わっていたらしい。なんとか自制心を働かせ、にっこりと微笑んで挨拶をした花子は、ファルークに導かれるままパーティー会場を歩き回った。

(ったく、もう！)

「……あの、もう手を離していただいても？」

そう言ってファルークを見上げると、彼は目を瞬かせたかと思うと、花子の腰に回した手に力を込めた。

「どうしてだ？　ハナコから手を離すと、君の美しさに惑《まど》わされた男達が寄って来るだろう。そんな男の顔を見たくないぐらいには、私は嫉妬《しっと》深いんだ」

熱い息と共に落とされる言葉に、花子の肌がチリチリと焦げたように熱くなる。

「いえ、ですから。そんな男性はいませんから。二、三人はいたとしても、それはドレスとメイクのマジックのお陰で。きっと私を真面目に見れば、すぐ冷静になると思いま……っ⁉」

唇の右横に濡《ぬ》れた熱い唇が押し当てられた。かっと上気した花子の左頬を、長い指がするりと撫《な》でる。

「こうしたいと思っている獣達がうようよしているはずだ。ほら」

ファルークの瞳に意地悪い光が宿る。

「よく辺りを見回してみるがいい、ハナコ。視線を感じないか？」

（あああ、当たり前でしょうが！　こんなことしていて、視線を浴びない訳がないわよっ！）

ロマンス小説のヒーローに抱かれ、軽くキスをされたヒロイン……ではないモブの女性。ちくちくと花子の肌に突き刺さってくる視線は、『どうしてあなたみたいな女が彼の隣にいるのよ⁉』と言っているに決まってる。なのに、この男は花子に甘い言葉を囁き、熱い視線を投げ掛ける。ファルークをきっと睨み付けると、彼はからからと可笑《おか》しそうに笑った。

「そろそろ暇《いとま》を告《つ》げようか。これ以上、ハナコの可愛い姿を見せびらかすのも癪《しゃく》に障るからな」

するりと花子の腰を撫でた左手の甲を、ぎゅうっと抓《つま》む。それでも彼の楽しそうな表情は変わらない。そのままファルークは花子を優雅にエスコートして、パーティー会場の人混みの中をするすると歩いていく。ハナコの腰に置いた手が熱い。

（完全に揶揄われてる……っ！）

こんなに異性と身体を密着させる経験など全くないことを、分かっててやってるのだ、この男はっ……！


——どうせあなたは、世界中の美女と浮名を流してきたんでしょうよ。

——地味で男性に見向きもされなかった私が珍しいからって、揶揄うなんて。

——女慣れしてる態度が腹立たしいっ……！


花子の心は溶岩のようにぐつぐつと煮えたぎっていた。

（一泡吹かせてやらないと、気が済まないっ！）

会場を出たファルークは、エレベーターホールへと向かいながら花子に告げた。

「ハナコ、さっきはロクに食べてなかっただろう？　落ち着く場所で食事を摂《と》らないか？　あ、もちろん美味《おい》しいアルコールも用意しよう」

余裕たっぷりに笑うファルーク。その自信満々な笑みを見た花子の理性がぶちっと切れた。

「ええ、分かりました。では……」

花子はたっぷりと時間を取り、にっこりとファルークに微笑んで見せた。

「——私と勝負していただけませんか？　ミスター・ファルーク＝スレイマン。私が勝てば、もう人前でこのようなことをしないでいただきたいのです」

「このようなこと？」

片眉を上げたファルークに、花子は重ねて言う。

「……ですから！　このように、私達の関係を誤解させるような行動は控えていただきたいのです！」

真剣にファルークを見上げる花子に、彼は鷹揚《おうよう》に頷いた。

「それがハナコの望みなら。……それで？　勝負とは？」

余裕めいた笑みを浮かべるファルーク。

面白がってる。今に見てなさい。

花子はこほんと咳払《せきばら》いをしてから、ストレートに告げる。

「……飲み比べです。私とどちらが早く酔い潰れるのか、勝負して下さい！」

花子の言葉を聞いたファルークは一瞬目を丸くした後——真面目な顔付きでゆっくりと頷いたのだった。

＊＊＊

ファルークと花子が連れ立って来たのは、ホテルの最上階にあるラウンジ。ファルークがそこの個室を貸し切りにしたのだ。

ランプの形をしたオレンジ色の照明が、ライトダウンした部屋の中できらきらと輝いている。ローテーブルを挟んで向かい合う黒のソファに、。ファルークと花子はそれぞれ腰を下ろし、テーブル越しに見つめ合い——もとい睨み合って（?）いる。ファルークから取り戻した黒縁眼鏡がきらりと光った。

ダン！

派手な音と共に、花子が緑色の一升瓶《いっしょうびん》をローテーブルに置く。ファルークは珍しそうに、ガラスのぐい呑みグラスを並べる花子の様子を見ていた。

「これは？」

「日本酒ですよ。九州の酒蔵《さかぐら》で造られた七映《ななえ》と言います」

ラウンジに問い合わせたところ、この日本酒が置いてあったのだ。迷わず一升瓶をキープ（?）した花子は、勝負に大好きなこのお酒を選択した。香りがよく、どの料理にも合う。海外でも人気の品だから、ファルークにも大丈夫だろう。

彼はゆるりと口元を緩める。

「まさかハナコからこんな勝負を挑《いど》まれるとは思わなかった。酒に強いのか？」

「ええ、まあ。祖父が九州の出身だったんです。酒飲みの血筋と言っていました」

つんと澄ました花子を見つめる、ファルークの瞳の色は読めない。ふふと笑ったファルークは、目の前に置かれた一升瓶のラベルに視線を落とす。

（社長が言ってたことが本当なら、勝機はある……！）

『ああ見えてファルークの奴、アルコールあまり飲まないんだよな～』

以前太郎はそう言っていた。ファイアオバルでは、あまり飲酒は勧められたことではなく、ファルークはアルコールを口にすることは滅多にないらしい。飲みに連れて行っても、最初の一杯しか飲まず、『あまり飲むと気分が悪くなる』と言ったとか。

先程のパーティー会場でも、ウェルカムドリンクのシャンパンに口を付けただけで、ほとんどアルコールを飲んでいなかったのは確認済みだ。

対して花子は酒豪《しゅごう》だ。うわばみと言っても過言ではない。今まで酒に強いと豪語する男性相手にでも、飲み負けたことは一度もない。

（もし思ったよりお酒に強かったとしても、隙《すき》を見て逃げれば済むことだし。こうなったら、いいお酒飲んで、憂《う》さ晴らししてやるわっ！）

花子の飲みっぷりに、顔を青くした男性も多数いる。ファルークもそうやって幻滅すればいいいのだ。そうしたら、もう放っておいてくれるに違いない。

「勝負しましょう、社長」

おどろおどろしい笑みを浮かべた花子は、一升瓶の蓋を開け、ぐい呑みグラスに薫り高い日本酒をとくとくと注いだのだった。


「ほう。芳醇《ほうじゅん》な香りが鼻に抜けるな。肉にも合う」

薄切りのローストビーフを口にしたファルークが、感心したように言う。花子はぐぐっと身を乗り出した。

「そうでしょう！　日本酒だって洋風のお料理に合うんですから。さ、どんどん飲んでくださいっ」

再び彼のぐい呑みグラスに酒を注ぐ花子。ファルークは熱の籠《こも》った視線を彼女に向けた。

「ハナコはよく飲むしよく食べるんだな」

「ええ！　美味しいお料理に美味しいお酒は、人生の喜びですから。楽しまないと」

スティック状に切ったにんじんやキュウリをぽりぽり食べ、ローストビーフにサラダ菜《な》を巻いて食べ、色とりどりのカナッペをもぐもぐ食べ、そしてぐいぐいと飲む。片方の肩が出ているドレス姿の花子が豪快に飲み食いする様を、ファルークは楽しそうに見ている。

吹っ切れたような花子とは対照的に、ファルークは静かに飲んでいた。長い指でぐい呑みグラスを支え、くいと酒を飲み干している。褐色の頬がほのかに赤く染まったのは比較的早いうちだったが、言葉や態度は乱れてはいない。いつもと同じファルークだ。

「結構飲めるのね」

すっと目を細め、口調を変えた花子に、ファルークはくすりと笑った。

「ペースを落としているだけだ。ハナコこそ、もう飲めないいんじゃないのか？」

むっとした花子は、唇を尖らせる。

「あら、そんなことないわ。いいお酒を味わって飲んでいるだけよ」

ゆったりと座席にもたれかかった花子は、少し上がった体温を楽しむように目を閉じ、そしてゆっくりと目を開けた。目の前に座るファルークを不躾《ぶしつけ》な視線で見回す。

クーフィーヤの下で輝く金色の前髪。二重瞼《ふたえまぶた》の青い瞳は、花子への関心を隠そうともしていない。はっきりとした鼻筋に引き締まった唇が、意志の強さを表しているようだ。映画スターのように綺麗な顔立ちだが、逞しさを損ねている訳ではない。広い肩幅に厚みのある胸板を見ると、かなり鍛えてある身体だと一目で分かる。衣類に吹き掛けているのか、ファルークからは雄を象徴するような誘惑の香りが漂っていた。優雅な身のこなしにも、否応なく惹き付けられる。

「あなたって、本当にモテるんでしょうね」

そう花子が言っても、ファルークの青い瞳は全く動じない。長い脚を組み、ソファにもたれた彼の姿は堂々とし過ぎていて、砂漠の王だと言っても通用しそうな雰囲気だ。

「そうだな。交際相手に不自由した覚えはない」

あっさり肯定されると、逆に清々しい。花子は「でしょうね」と頷き、くいっとグラスに残った酒を全部飲んだ。

「まあ、背が高くてイケメンで頭も良くてお金持ちで石油王、だなんて、超優良物件だもの。引く手あまたなの、よく分かるわよ。一目貴方《あなた》を見ようと、社内の美女達が群がってるぐらいだし」

――社長室にメール便を届けに来ました。社長に直接手渡しを

――至急この書類を社長に見て頂きたくて

花子の元にも、ファルークへの取次をあの手この手で求めてくる女性が後を絶たない。もちろん花子は、そんな彼女達をいつもばっさり切り捨てており、それを妬《ねた》んだ女性から呪いの言葉（？）や罵《ば》詈《り》雑言《ぞうごん》を浴びせられることも多々あるのだが。

むうと頬を膨《ふく》らませた花子は、ぐい呑みグラスをテーブルに置き、ぐっと身を乗り出した。

「――そんな貴方が私にちょっかいを出すのは何故なの？」

ファルークがぴくりと右眉を上げた。花子は真っ直ぐにファルークを見つめる。彼の表情は動かない。

「何故だと？　美しい女性に愛を囁くのは当たり前のことじゃないか？」

「そんな当たり前がある訳ないじゃない」

花子は眉を一文字にした。

「眼鏡を掛けた鉄仮面、仕事が恋人の地味女――これが私の評価よ。今までだって、私に近付いて来た男性は皆、他の目的があったわ」

――そう、花子が付き合っていると思い込んでいた男も、ただ自分を利用しようとしているだけだった。


鈍い痛みが胸に走る。それを誤魔化《ごまか》そうと、花子は更に饒舌《じょうぜつ》になる。

「おかげで、この年まで男性経験は0《ゼロ》。このまま三十路を迎えて魔女になる予定なんだから。私は身の程をわきまえてる。貴方みたいな男性に口説かれるような女じゃないって分かってるわ」

「魔女？　私みたいな男性？」

不思議そうに呟くファルークに、花子は重い溜息を漏らした。

「あのねえ、貴方だって分かってるんでしょ？　自分が売り手市場で最高値がつく男だって。

貴方みたいな人と私は釣り合わないの。そっとしておいてもらえないかしら。ただでさえ、貴方の秘書をやってるってだけで、目の敵にされてるのよ」

ファルークの瞳に剣呑《けんのん》な光が宿る。

「ハナコに手を出す女が社内にいると？　誰だ？」

花子は肩をすくめた。

「多すぎて一々覚えていられないわ。それにちゃんと自分でやり返しているから、心配は無用よ」

本当は誰がやったのか、ばっちり把握している。が、それをファルークに言うつもりはない。これは花子と女性達の戦いなのだ。


数秒間、花子とファルークは睨み合っていた。やがてファルークが額《ひたい》に右手を当て、ふうと溜息をつく。

「ハナコの周囲にいた男が女性を見る目がなかった、ということは理解した。私にとっては幸運だったが、ハナコにとっては——嫌な思いをしたことがあるのだろうな」

「っ⁉」

かつん、と右手の指先がグラスに当った。重さのあるぐい呑みタイプでなければ、倒れてしまっていたかも知れない。

「ハナコ」

その右手をファルークの右手が持ち上げ、そっと手の甲にキスが落とされる。

「地味などととんでもない。私が知るどんな女性よりも、ハナコは色鮮やかで魅力的だ」

「なっ、何言って」

手の甲がじんじんと熱く疼《うず》いている。花子は右手を引っ込めようとしたが、ファルークの手に力が入り、動かせない。

「ハナコは香りが強く、人の手で咲かせた大輪の薔薇ではないかもしれない。だが、砂漠のオアシスに自らの力で咲く野《の》薔薇のように、凛《りん》として強く、そして美しい。オアシスに立ち寄る男達の心の拠《よ》り所になる存在。それがハナコだ」

ファルークの熱くて真っ直ぐな視線が、花子の心に突き刺さる。触れている大きな手から伝わる体温に、肌が焦げ付いてしまいそうだ。

「艶やかな黒髪も、強い意志を宿した漆黒の瞳も、柔らかそうな薔薇色の唇も、シミ一つない滑らかな肌も、女神のようにしなやかな身体も、そのどれもが私を魅了する。もちろん、仕事に真面目に取り組む責任感の強さや、細やかな気配りができるところも気に入っているが」

「っ……」

頬が熱いのは、酒のせいだけじゃない。今までも花子に甘い台詞を吐いてきたファルークだが、どこか冗談を匂わせる雰囲気があり、だからこそ花子も即座にスルーしていたのだ。だが今のは。

(何真剣な目をしてるのよっ……！)

「そ、そんなこと言われたって。どうせ色んな女性にも同じこと言ってるんでしょ」

ぷいと視線をあらぬ方向に逸《そ》らせた花子の耳に、くすくすと低い笑い声が聞こえてきた。

「そういう素直じゃないところも可愛らしい。こんな魅力的な女性が今まで手付かずとは、神に感謝すべきだな」

「そういう台詞をすらすらと言えるの、腹が立つのよ」

長い指が花子の指を、手の甲を優しく擦る。熱くなった右手をぱっと引っ込めた。ファルークは素知らぬふりをしながら、またぐい呑みグラスに手を伸ばす。こくりとファルークが酒を飲んだ時に動く喉ぼとけに目を奪われた花子は、慌てて自分もグラスから酒を呷《あお》った。

「とっ、とにかく！　全てはこの勝負に勝ってからよ。まだまだ負けないから」

とくとくと一升瓶からグラスに酒を注ぐ。すでに一升瓶の中は半分以上減っていた。

「勝負を挑むだけあって、ハナコは酒に強いな。今まで酔い潰れたことはないのか？」

ファルークが差し出したグラスにも、ついでに酒を注ぐ。

「そうね、大体男性の方が先に潰れるわわね。酒豪だった祖父の血を引いてるのは伊達《だて》じゃないのよ」

「お祖父さんの？」

ファルークが花子の目を見つめる。花子はええと頷いた。

「祖父は九州出身で、お酒に煩《うるさ》かったの。大酒飲みだったけど、最後まで乱れることなくしゃんとしてたわ。いつも背筋が真っ直ぐで、大きな度量の持ち主で、祖母を大切にしていて、本当に素敵な男性だったのよ」

――『花子が成人したら一緒に飲もう』という約束は、残念ながら果たせなかった。成人式の後、仏壇の写真と一緒に飲んだだけ。

可愛がってくれた祖父の顔を思い出し、花子は思わず微笑む。

「お祖父さんとはいえ、ハナコにそんな顔をさせるとは。妬《や》けるな」

「は?」

花子がファルークを見ると、彼はむっと唇を曲げていた。

「私のことは、女たらしだとか、そんな風にしか思ってないだろう。そのハナコが、他の男性を愛おしそうに呼ぶのはいい気分ではない」

「……」

眉を顰めたまま酒を呷るファルークを、花子は呆然《ぼうぜん》と見た。

(え……この人まさか)

ぽかんと口を開けた花子を見つめるファルークの視線は鋭い。

「……ヤキモチ? 私に?」

「何を意外そうに言っている。私はハナコに求愛してるんだぞ？　求愛相手が他の男のことを褒《ほ》めるのを聞いて、妬かない男はいないだろう」

花子は大きく目を見開いた。

求愛。キュウアイ。……あれが？　歯の浮くような台詞をつらつらと並べた、どう考えても揶揄ってるとしか思えなかった、あれが？

(何言ってるのよ、この男は⁉)

「祖父だって言ってるのに」

「身内だろうが関係ない。ハナコが子どもを褒めても妬くぞ、私は」

むすっとしたまま酒を飲むファルークの前で、花子の頬の熱がじわじわと高くなっていく。

(だめだめ、絆《ほだ》されちゃだめ！　あの人のことだってあるじゃない)

妖艶な色気を振り撒く、ファルークと同郷の美女。猫のような彼女の目は、ファルークを獲物として捉《とら》えているように見える。ファルークも、マルジャーナは従妹という繋がりがある以上、彼女を無下には扱えないようだ。

(求愛って言ってるけど、国に戻ればどうだか分からないくせに)

資産家である彼の元には、妻になりたいと願う美女が群れをなしていることだろう。そんな中に突入して蹴散らす勇気もない。花子が望むのは、平穏な日常なのだ。こんなゴージャスな石油王に引っ掻《か》き回される日々を望んでいる訳ではない。決して。

「まだまだ飲むわよ」

グラスを持つ指に力が入る。くっと飲み干した花子を見るファルークも、同じようにグラスを空にした。

「そうだな、ハナコ。ハナコの話を聞きながら飲む酒も悪くはない」

悠然と微笑むファルークの頭から水をぶっかけたくなった花子だが、何とか理性で押さえ、また一升瓶から薫り高い日本酒を注いだのだった。

テーブルの上には、空になった一升瓶数本の他に、ワインボトルまで並んでいた。ファルークは全く態度を変えず、粛々《しゅくしゅく》と（?）飲み続けている。

（社長——っ！　この男アルコールに強いじゃない……！）

お国柄アルコールをほとんど飲まないという話はどうなったのだ。ファルークは水を飲むように飲んでも平気な顔をしていた。

さすがの花子も酔いが身体に回ってきている。肌は火照り、眠気まで感じる。お腹《なか》もちゃぷちゃぷと音を立てそうだ。

「……か？」

「え？」

とろんと重くなった瞼を開け、花子が正面を向くと、ファルークが穏やかに微笑んでいた。

「もう随分回ったんじゃないのか、ハナコ？　潤んだ瞳に上気した頬は綺麗だが、そろそろお開きにしてもいいんじゃないか。閉店時刻も近付いてる」

セカンドバッグからスマホを取り出し画面を確認すると、夜中の十二時過ぎになっていた。かれこれ、すでに四時間は飲んでいることになる。ここの閉店時刻は夜中の一時だったはず、と花子は思い出した。

「まだ、いけます、からっ」

ワインボトルに手を伸ばそうとした途端、花子の手からスマホが滑り落ちた。かつん、と音を立てて、スマホが床へと落ちる。

「あ、しまっ……!?」

スマホを拾おうと身を屈めた瞬間、花子の頭の中はぐらんぐらんと大きく揺れた。

（――っ……？）

頭が持ち上がらない。花子の腰がソファから滑り、テーブルとの間の床にぺたんと座り込んでしまう。

「あ……れ……？」

身体が重い。手をテーブルにつこうとしても、力が入らない。こんなことは今までなかったのに。はあと熱い息を漏らす花子の頭上から、低い声が落ちてきた。

「場所を変えようか、ハナコ。私に掴まって」

え、と思う間もなく、花子の身体はふわりと宙に浮いていた。素肌に当たるカンデューラの生地は意外と滑らかで、心地良い。花子は熱い左頬を摺《す》り寄せた。

「……じゃあ、続きはどこで……しょう、ぶ……」

瞼が重い。口を開けて言葉を発するのが億劫《おっくう》だ。ぐったりと力が抜けた花子の身体は、一度ソファに沈んだ。

「……、……」

ファルークが立ち上がり、誰かと会話しているのが辛《かろ》うじて聞こえるが、何を話しているのかまでは聞き取れない。

（ねむ、い……）

場所を変えると言っていた。なら、少しだけ目を閉じて……

再び花子の身体が浮き上がった時には、彼女は完全に眠りこけていたのだった。

＊＊＊

「……コ」

「……ん、あ？」

薄っすら目を開けると、長いまつ毛と青い瞳が見えた。息が掛かる距離に彼の顔がある。頭に被っていたクーフィーヤがないことに花子は気が付いた。綺麗な金髪がきらきらと輝いていた。

「ん……ここ、は」

ファルークのバックがぼんやりと見える。花子が右手でこめかみの辺りを触ると、そこにあるはずの眼鏡がない。目を細めてじーっと彼の背後を見ると、どうやらどこかの部屋の天井……のようだ。

「勝負は私の勝ちだな。ハナコは可愛い寝息を立てて夢の中にいた」

……勝負……？

（……そうだわっ！）

くわっと花子の目が開く。がばっと起き上がると、がこんとおでこに鈍い痛みが走った。

「いった……！」

おでこに右手を当てて前のめりになった花子に、呆れたような声が聞こえる。

「……ハナコは石頭だな」

「そっちこそ」

じんじんと痛むおでこに手を当てたまま上半身を起こすと、ファルークが花子のすぐ傍に腰を下ろしてこちらを見ていた。

(え？　ここって……寝室？)

どうやら花子はベッドの上に寝かされていたらしい。今は幅広いベッドの中央に座っている状態だ。髪が剥《む》き出しの肩に直接当たっているのは、纏めた髪が解かれたからだろう。

(私、あのまま寝てしまった……!?)

ちょっと目を瞑《つぶ》るだけと思っていたのに。ファルークに起こされるまで、ぐっすり眠っていた。

「くっ……屈辱、だわ……！　あまり飲まないって聞いてたのに……！」

今まで飲み負けたことなど、一度もないのに。目を細めたままファルークを睨むと、彼は肉感的な唇をにやりと曲げた。

「ファイアオバルでは酒に溺れることは、悪魔に溺れることと同意義だからな。日常的な飲酒の習慣は是とされない。だが」

花子の左頬にファルークの大きな手が当てられた。

「私の母親はフランス人だ。フランスとファイアオバルの両方で育った私は、ワインを嗜《たしな》むぐらいは日常的にあった」

「……そんな説明で納得できるような強さじゃなかったわよ」

ああでも、酒飲み勝負に負けてしまったことに変わりはない。花子はふうと溜息をつき、よっこらせと正座した。

「この勝負は私の負けです。生意気な態度を取り、申し訳ありませんでした」

ベッドの上で深々と頭を下げる花子に、ファルークがおやおやと呟いた。

「では、ハナコ。私の願いを一つ叶えてもらえるだろうか」

勝負に勝ったら花子の希望を叶えてもらうはずだった。負けたのだから、ファルークの願いを叶えるべきだろう。花子は重々しく頷いた。

「……分かりました。ただ働きしろと言われても従います」

一瞬惚《ぼ》けた表情を浮かべたファルークが、ぶはっといきなり吹き出した。

「ふ、は、ははははははっ！　よりによって、た、ただ働きだと？　そんなことをすれば、日本の労働基準局からお咎《とが》めを喰《く》らうだろうに。ははははっ」

お腹を抱えて笑うファルークを花子は冷ややかな目で睨み付けた。

「じゃあ、何です？　私が貴方に提供できるものなんて、仕事ぐらいしか」

「……ハナコ」

笑い涙を拭いたファルークの顔が花子に近付く。花子の両脇に手をついたファルークの身体から、誘惑するようなムスク系の香りがした。彼女の心臓は、百メートル全力疾走したかのように、ばくばくと脈を打っている。やがて、互いの唇が触れ合う寸前で止まった彼が口を開いた。

「私はハナコが欲しい。今までずっと、そう言い続けていたつもりだが？」

「っ……！」

花子の体温が一気に上がったのは、アルコールのせいではない。すぐ目の前にいる、この男に——酔わされているからだ。

「っ、貴方も見たでしょう？　ががばばアルコール飲んで、ばくばく食べて、色気なんて全く感じられない私の姿を。どうし……っ⁉」

ちゅ、と軽いリップ音がした。唇を軽く擦り合わせるだけの優しいキス。その甘やかな感触に、花子は目を見開いたまま固まってしまった。

「ハナコは私を煽《あお》るのが上手《うま》い。ハナコを見ているだけで、香りを嗅《か》いだだけで、ハナコ以外の女など見えなくなるのに」

ファルークの甘い言葉が、花子の肌に纏わり付いてきた。逃れようとしても、もう逃れられない。

「う、く」

ファルークの右手が、花子の左頬から首筋、肩の方へと撫でてくる。

「この吸い付くような柔肌を欲望の色に染めたい。私のシルシを付けたい。ずっとそう思っていた」

ぞわぞわと悪寒に似た感覚が、背筋を這《は》い上がってきた。これはもう……

——逃げられない。

（あああ、もう！）

どうせなら、アルコールの勢いに任せて、このタイミングでやってしまおう。一度やってしまえば、きっとファルークも飽きるはず。

「分かりました。覚悟を決めますっ！」

ファルークの身体を押し退けた花子は床に足を下ろして、よろめきながらも立ち上がった。身体を起こしたファルークが目を丸くして花子を見ている。

彼の視線を浴びながら、花子は背中に両手を回し、ファスナーを一気に下ろす。滑らかな生地が花子の肌から床へと滑り落ち、絨毯《じゅうたん》の上にブルーの布の水たまりができた。

下に着ていたのは、白いレースのチューブトップブラに、同じ柄の白いレースのショートガードル。太腿まであるストッキングをガーターベルトで留めている。ファルークの方を見ないようにしながら、花子はさっさと機械的に下着を脱いだ。ぽいぽいと下着の山も床にできた。

そうして、何も身に付けていない状態になった花子は、ファルークの突き刺さるような視線から手で隠したい衝動を抑え、再びベッドの上へと上がった。そしてそのまま、大の字に寝転がる。

「さ、一気にやっちゃって下さい！　抵抗しませんから！」

ファルークの顔を見ることができなくて、ぎゅっと目を瞑る。暫《しばら》くの間、ファルークの荒くなった息遣いだけが花子の耳に届いていた。

数十秒後、深い溜息と共に、しゅるりと衣擦《きぬず》れの音がした。花子はまだ目を開けることができず、歯も食いしばる。

「……ハナコ」

ベッドのマットレスが揺れた。温かい手が花子の左頬に添えられ、花子の身体がぴくっと動く。

「ハナコ、私を見てくれ」

「……」

恐る恐る瞼を開けた花子の目に飛び込んできたのは、熱を帯びたファルークの青い瞳だった。

彼の唇がゆっくりと動く。

「怖いのに、平気なフリをしなくてもいい」

「……！」

ぐっと息を呑んだ花子に、ファルークはなだめるような笑みを浮かべて見せた。

「未知の世界を怖がる愛しい女性に快楽を与えるのも、男の務めだ。だから」

花子の左耳に、身体が痺《しび》れるような低い声が注がれた。

「――ハナコは力を抜いて、私を受け入れてくれ。経験したことのない、快楽を味合わせてあげるから」

「……あ」

ぎゅっと締められていた花子の唇が、少しだけ開く。ファルークは小さく震える唇に、ゆっくりと自分の唇を重ねたのだった。

＊＊＊

「んっ……ん、は」

花子の唇を優しく擦るファルークの唇。ゆっくりと下唇を舐《な》められて、花子の身体に電気が走った。ぴくんぴくんと花子の身体が動く度に、ファルークは花子の唇を優しく吸う。

「ん、あっ……」

「ハナコは敏感だな。まだ軽いキスしかしていないのに」

ファルークの声には満足そうな響きが混ざっていた。花子は信じられない思いで、彼を見上げた。

「び、んかん……？」

いつだって冷静で、鉄仮面を被った女だと言われてきたのに？

「ああ」

ファルークはにやりと笑うと再び唇を重ね、力の抜けた花子の唇を舌でこじ開ける。

「んんんっ！　んっ、はっ、う、んんん」

肉厚な舌が花子の歯茎を舐め回す。舌と舌が絡み合い、擦れ合う感覚に、花子の背筋が震えた。

（なに……これ……）

珍しさから自分に声を掛けたのだと思っていた。だから、さっさとやることだけ済ませてしまえば、もう見向きもされないだろうと。だからじっとして、ただやり過ごそうと思っていたのに。

——なのに。

（気持ち、いい……？）

花子の身体を支配している、ぞわぞわする感覚は、不快どころか痺れるように気持ちが良くて。ぴちゃぴちゃと唾液が混ざり合う音も、肌に掛かるファルークの熱い息も、優しく花子に触れる彼の唇も指も、堪《たま》らなく気持ちがいい。

「んっ……は、う」

ファルークが唇を離した時、花子の息は途切れ途切れになっていた。半分開いたままの彼女の唇を、ファルークの親指がゆっくりとなぞる。

「ハナコ。ハナコは可愛い」

「……そ、んなことっ……んんっ」

唇を啄《ついば》まれ、花子の声が喘《あえ》ぎ声に変わった。自分の口から漏れる声に、甘い服従の音が混ざっている。そのことに気が付いた花子の身体がかあっと熱くなった。

（あ……わた、し）

——この人に触れられるの、待ってる？

心にあるのは、甘くて熱い期待。濡れた唇も、震える肌も、彼が与えてくれる初めての感覚を待ち望んでいる。

（う、そ……）

頭の中がぐるぐると回り、何が何だかよく分からなくなってきた。それが深酒のせいなのか、目の前にいる逞しい男性のせいなのか、それともそのどちらにも酔っているせいなのか。

一体どうしてしまったのか、自分でも分からない。ずくずくと身体の奥が溶けて崩れていく感覚に襲われた。

ファルークの褐色の肌と花子の白い肌が触れ合う。長い指が花子の肌を擦り、感触を楽しんでいるように動いた。思わず花子が手を伸ばすと、逞しい胸に指が当たる。

熱いなめし皮の様な感触。張りのある胸の筋肉は自分とは全然違う。金色の胸毛に指を絡めると、上等の獣《けもの》を撫でているような気になった。

「んあっ……」

再び唇を奪われる。最初はなすがままになっていた花子だったが、今度は侵入してきた熱い舌に自分の舌を絡めにいった。彼の舌が、花子の口の中でぬるりと動く。舌を吸われた瞬間、どくんと心臓が脈打った。

「は、あう、んんっ……はう」

ゆっくりと彼の唇が離れていく。糸のように垂《た》れ下がった唾液が、二人の唇を繋いでいた。

ファルークの親指が、花子の下唇をなぞる。花子の目は、ファルークの動き一つ一つを追ってしまう。

（ほん、とに……綺麗な、男……）

悔しいが、ファルークは本当に美しかった。輝く金色の髪も、深い青色の瞳も、彫像のように整った顔形も、均整の取れた筋肉質の身体も、そのどれもが見惚れるほど美しい。野生の猛獣が持つ獰猛《どうもう》さと高貴さを兼ね備えた彼は、正に生まれながらの王者。

（だから……嫌だったのに……）

ファルークに甘い言葉を掛けられて、動揺する自分が嫌だった。熱い瞳に見つめられて、余計に鉄仮面のような表情になってしまうことが嫌で――

「あ、はあ、うっ」

びくんと花子の身体が跳ねた。ファルークの右手が花子の胸の頂を覆ったのだ。

「こんな時に考え事とは、余裕があるのか？」

「ああぁっ！」

胸の先端をきゅっと抓まれた花子の腰が、大きく跳ねる。はあはあと息を荒げる花子を見下ろしているファルークの頬も、薄っすらと上気しているように見えた。

「本当に滑らかで、シミ一つない肌だな。胸の頂も私の手にちょうど良い大きさだ」

「んっ……！」

大きな掌《てのひら》が花子の膨らみを優しく覆う。長い指が柔らかな肌を下から持ち上げ、ゆっくりと円を描くように撫で擦《さす》る。

ちゅく……

「ひゃっ⁉」

首筋を強く吸われた花子は思わず悲鳴を上げた。彼の舌が熱い肌をくすぐると、身体が小刻みに震えてしまう。

「ハナコの肌は甘いな。ずっと舐めていられそうだ」

「い、やっ……」

首筋を舐める舌が、少しずつ下へと下がっていく。ところどころで肌を吸われ、甘噛みされる度に、身体の奥からとろりとした熱が外へと流れ出そうになる。

「薔薇色の蕾《つぼみ》も硬く尖っていて、私を誘っているかのようだ。ああ、蕾の周りも薔薇色なのだな」

「……っあ！」

ぺろりと左の乳房を舌で舐められ、花子は思わず彼の二の腕に爪を立てた。硬くなった乳首を乳輪ごと口に含まれ、強く吸われる。身体をびくびくと震わせながら、花子は白い肌の上に落ちる金色の髪を見ていた。花子の胸の間に顔を埋めたファルークは、大きく息を吸い込むとまた乳首の方へと舌を動かした。

「薔薇よりも甘い香りがする。ハナコの匂いは私を誘惑する香りだ」

「そ、んっ……あああんっ」

ファルークの体躯から立ち上る香り――ムスクの香りと男の汗の匂いが混ざり合った誘惑の

香り――の方が、花子の鼻腔の奥をくすぐり、理性を溶かしていってしまう。そう言おうとしても、再び胸の先端を吸われた花子の口からは、甘い悲鳴と吐息しか出てこない。

「は、ああっ、あんっ」

ファルークに尖った蕾を甘噛みされる度に、痺れるような刺激に襲われる。右胸も彼の長い指に乳首を軽く扱《しご》かれている。胸からの甘く鋭い刺激が花子を苛《さいな》んでいく。

「ハナコの身体はすらりとして綺麗だ。人に慣れない、野生の牝馬《ひんば》のように美しい」

「あ、ああんっ」

指が滑らかな肌を擦り、胸からウエスト、そしてへその周りへと下りていく。二つの赤く染まった蕾を堪能していたファルークの唇も、白い肌に赤い華を咲かせながら指の後を追うように動く。弄《いじ》られた肌が焦げ付きそうなぐらい、熱い。

「彼女達は、自らが認めた男しか背に乗せない。私も何度か乗りこなしたことはあるが」

「っ、はあっ、ああぁ」

ファルークの肉感的な唇が、にいと三日月になった。

「今ほど心躍る経験はしたことがないな。美しくて気高い、私の妃《ハナコ》。ハナコに認められることは、私にとって何よりの僥倖《ぎょうこう》だ」

「は、ああ、う」

甘い。熱い。悔しい。屈したい。負けたくない。苦しい。じれったい。

矛盾した思いが花子の心の中でぶつかり合う。どろどろに溶かされた身体は、ファルークを受け入れ、従おうとしている。

もっともっと、もっと欲しい。この甘くて熱くて痺れるような快感を。

(あ、で、もっ……!)

こんなのおかしい。こんなゴージャスで一流の男性が、何の取り柄もない地味な花子に目を向けるなんて、気まぐれに決まってる。

後で泣くのはこっちじゃないの

だって——

「ひゃ、あああああっ!」

花子の腰がベッドの上で大きく跳ねた。太腿の間にファルークの長い指が侵入し、茂《しげ》みを優しく撫でたのだ。そして茂みの奥にある花びらを、四角い指先がゆっくりとなぞっていく。柔らかな肉襞《ひだ》を彼の指が擦る度に、花子の太腿がびくびくと痙攣《けいれん》した。

「あ、ああ、あ」

花子がいやいやと首を横に振ると、ファルークの瞳が妖しく光る。

「考え事をする余裕があるようだな。なら」

　つぷ……

「あああああっ！」

　軽く何かが弾《はじ》けたような音と共に、慣れない痛みが花子を襲った。さっきまで花びらを擦っていた指が一本、まだ硬い花子の入り口のナカに挿入《はい》ったのだ。

「っ、いっ……ああああっ⁉」

　ちかと白い閃光《せんこう》が花子の目に弾ける。ファルークの別の指が、きゅっと小さな突起を抓んでいた。強く鋭い快感が、花子の痛みを掻《か》き消す。

「あ、あ、あああっ」

　花子の口は空気を求めるように、はくはくと動く。親指の腹が敏感な花芽をぐりぐりと押し潰すと、熱い何かが花子のナカから外へと零《こぼ》れていった。

「ああ、ナカもきついようだ。だが、十分濡れている。痛みが快楽に変わるのも、すぐだ」

　花芽へ与えられた快感が身体を支配しているうちに、花子のナカで指が動き出した。入り口近くの肉壁を擦ったかと思うと、くいと指を返して別の場所を擦る。纏わり付いている襞が濡れているせいか、指の動きはスムーズだ。いつしか花子の腰は、指を求めるようにゆらゆらと横に揺れ出していた。硬い指を包み込む襞は、花子の意志とは別に蠢《うごめ》いている。

（なに……？　これは、何なの……？）

何も考えられない。花子の身体の隅々まで暴こうとしているファルークの指に、逆らえない。

（こんなの、っ……⁉）

「ひっ、ああああ、んんっ！」

ちゅ、とファルークの唇がぷっくりと膨れた花芽を捉えるのと同時に、もう一本の指が花子のナカに侵入した。

「甘い果実の味がする。誘惑の匂いも濃厚になってきた。悦《よろこ》んでいるのか、ハナコ？」

「あ、やぁ、んん、あああっ」

答えようにも、花芽を優しく吸われた花子の口からは、言葉にならない甘い悲鳴が上がるだけ。花子の蜜をぴちゃぴちゃと舐める音が、彼女の耳から身体の奥にまで注ぎ込まれ、そこでねっとりとした熱に変わり、また肌へと浮かび上がっていく。

（こげ……そ、う……）

花子が霞《かす》んだ目でファルークを追った。褐色の左手は花子の太腿に置かれていて、金色の髪が太腿の間で煌めいている。熱心に花芽を舌で転がしている彼は、花子の視線に気が付いたのか青い瞳をこちらに向けた。

「あああああっ！」

一層強く花芽を吸われた花子は、背中を仰《の》け反《ぞ》らし、頭を横に振る。黒髪が白いシーツの上で乱れ、汗ばむ首筋に張り付いた。

「やぁ、あっ……ああっ」

二本の指が、狭い花子の陰路をみちみちと広げていく。鈍い痛みとそれを上回る快感に、花子はまた身震いした。

「ハナコのナカは熱くて狭い。私の指を旨《うま》そうにうねうねと咥《くわ》え込んでいるのが分かるか？」

小さな笑いを含んだ低い声に、かっと頭に血が上る。

「っ、そ、んなのっ……あああああっ⁉」

取り戻し掛けた理性は、あっという間に吹き飛んだ。熱い舌がじゅるりと音を立て、花子の蜜を舐め始めたのだ。膨らんだ花芽をじっくりと舐め、ひくひくと蠢く襞に溜まった蜜を舐め、ところどころで甘い肉を吸い上げるファルークに、花子はもう抵抗できなかった。

「あ、う、あああんっ……！」

（やっ……な、にか……）

熱さと快感がどんどんお腹の底に溜まり、溢《あふ》れてはち切れそうになる。震える白い肌は汗ばみ、しっとりとした感触になっていた。花子のナカを弄っている右手とは別に、ファルークの左手はふるんと震える花子の右胸を掴んでいる。

「は、はあ、はあっ……ああっ……」

乳首を抓まれる感触。花芽を吸われる刺激。そして濡れた襞を弄る指の動き。その全てが合わさり、熱い大きなうねりとなって花子の身体を押し上げる。

「あっ——……」

熱が暴走し始めた。花子は目を見開き、背中を仰け反らせて耐えようとする。だが、高まり始めた快楽の波を操るファルークの指が、花子を逃すはずはなかった。

(だめ……だめ……だめ、え……っ！)

苦しい。熱い。もっと。だめ。

「さあ、イくがいい、ハナコ」

ちゅうと花芽を強く吸われた瞬間、一気に熱が弾け飛んだ。

「あっ……あ、あああああーっ！」

花子の目の前が真っ白に染まる。どくんどくんと脈打つ蜜壺は、ファルークの指を締め付けて離さない。

「あ……は、あ……」

花子の身体から力が抜けた。顔を上げたファルークは、身を乗り出して花子の唇に口付ける。てらてらと光る彼の唇からは、雌の匂いがした。

「ちゃんとイけたようだね。ココも随分と柔らかくなった」

「ひゃんっ！」

蜜壺の入り口をぐるりとなぞった指が引き抜かれた。透明な蜜がファルークの人差し指と中指からトロリと零れ落ちる。花子の目を見ながら、ファルークが舌で指を舐めた。熱を宿した青い瞳に、また花子の奥がきゅんと反応した。

ファルークは身を起こし、ベッドヘッドから小さな袋を右手に取った。花子の方を向いてベッドに座った彼は、口で袋を咥えてぴりと破いた。中から薄い膜を取り出す彼を、花子はぼうっと見つめていた。

「いずれハナコのナカには、私の子種を溢れるぐらい注ぎ込むつもりだが……今は膜越しで我慢することにしよう」

（……っ、あ、あれって……⁉）

花子の身体がかっと熱くなる。花子に見せつけるように、ファルークが膜を被せているのは……とんでもなく太くて長い、割れた腹筋に届くぐらいに反り返った、ファルーク自身だった。

「む、無理っ、そんなの、入らないっ……」

男性自身を見たことのない花子だったが、どう見てもファルークのモノが規格外の大きさであるということは分かった。筋が浮き上がった肉棒は赤黒い色に染まっていて、狂暴なまでに雄の力を見せつけている。

「ハナコ」

再び花子の太腿にファルークの手が掛った。花子の脚をM字型に開脚させたファルークは、濡れた襞に欲望を擦り付け始める。

「あっ……」

先程の名残《なごり》が残る襞は、ファルークの与える刺激を悦んで受け入れた。太腿の間をゆっくり前後に動く彼に合わせて、肉襞がひくひくと動く。

「あ、あああ」

（私……へん……）

さっき見た大きなモノが自分のナカに入るなんて。

そう思った途端、どくんと熱い蜜が蜜壺から太腿へと零れ落ちた。その蜜を纏わせるように、ファルークは腰を動かしている。ゆったりとしたその動きに、花子の腰も同じ速さで揺れ始めた。

「ハナコ」

「あ、ああ」

蜜壺の入り口付近を軽く突いては、離れていくファルークの雄芯。蠢く襞は硬いモノを求めて更に収縮する。

先端がつぷと軽く埋まると、半開きになった花子の唇から甘い吐息が漏れた。ファルークは花子の太腿の間をゆるりと動いているが、優しい動きが逆に残酷に思える。

じれったくて、じれったくて、じれったくて。

焦らされた花子は、右手を伸ばしてファルークの二の腕を掴んだ。

「ゃあ……、あ、あう」

涙目でファルークを見上げた花子は、彼がひゅっと短く息を呑む音を聞いた。

「ハナコ……」

ファルークがぐっと花子の太腿を広げ、蜜にまみれた肉棒を花子の花びらの間に埋めた。

「っ――っ、あああああ、うっ！」

指よりももっと太いモノが、花子をゆっくり貫いていく。引き裂かれる痛みに歯を食いしばった花子の左頬に、大きな手が添えられた。

「力を抜くんだ、ハナコ」

そう言われても、経験したことのない痛みに、花子は身体を強張《こわば》らせるばかり。

「って、あ、いっ、た……っ……！」

ファルークは左手の指で花子の花芽を抓み、軽く擦り始めた。敏感になった花芽は、すぐに快楽を拾い上げ、花子の身体にまた熱を溜めようとする。痛み以外の快楽に、花子の肌が反応した。

「あっ……」

熱くて硬いファルークに、花子のナカが満たされていく。ずずっと襞を擦るように動いていた彼が、蜜壺の奥まで達した時、花子の目から涙が流れ落ちていた。

「全部挿入《はい》ったぞ、ハナコ。よく頑張った」

「あ、うっ……は、う」

ちゅっと軽いキスをしたファルークは、花子が彼に馴染《なじ》むまでじっと動かずにいた。やがて、花子の痛みが鎮《しず》まってきた時、ファルークはまたゆっくりと動き始めた。

「は、あ、あ……っ……」

ファルークがぐいと腰を動かすと、花子の最奥にこつんと彼の先端が当たる。ぐりぐりと襞の奥を刺激する肉棒の動きに、いつしか花子はファルークの二の腕に爪を立てていた。

「はあ、はうん、あんんっ」

ファルークが花子の口を吸う。舌を吸い上げられて息が止まりそうになった花子は、左足を彼の腰に引っ掛けた。ファルークが徐々に花子を貫く速度を上げていく。花子はゆさゆさと身体を揺さぶられながら、甲高《かんだか》い嬌声《きょうせい》を上げる。

「あっあっあっあっ」

揺れる乳房も彼の左手に囚《とら》われ、乳首をこりこりと指で転がされた花子は、もう何も考えることができなかった。初めての痛みは、それを上回る快楽に上書きされてしまう。ただただ、

彼の身体が与えてくれる快楽に流され、花子はもっともっとと強請《ねだ》るように唇を尖らせた。

ぎしぎしとベッドのスプリングが軋《きし》む音がする。ファルークの身体も汗にまみれ、胸毛が逞しい胸筋に張り付いていた。


「あ、おっき、い……、ああん」

蜜壺を埋めている肉棒が、更に硬く大きく膨れ上がる。花子がぶるりと身震いすると、ファルークは口端を上げて嬉しそうに笑った。

「ハナコのナカは熱くて狭くて気持ちがいい。ハナコも感じているだろう？」

「あああああっ！」

「ああ、ハナコの花びらが私のモノを咥え込んで、離さない。普段は冷静なハナコがこんなに乱れるなんて、他の男には見せたくない」

（ほか、のおと、こ……？）

花子とファルークの目が合う。ぎらりと狂暴な光がファルークの青い瞳を過《よぎ》った。

「は、あああああっ！」

花子の腰を両手で掴んだファルークは、恥骨《ちこつ》をすり合わせるように腰を動かす。熱く滾《たぎ》った欲望が、花子のナカを抉《えぐ》るような角度で攻め立てた。

「あっ、はっ、あっあっあっ」

開いたままの花子の口元が唾液で濡れる。張りのある肌同士がぶつかり合う音も、ねちゃねちゃと蜜壺を掻き回す音も、花子が漏らす甘い悲鳴も、薄暗い寝室を満たしていった。甘い秘めた香りが濃度を増す。ファルークが更に激しく花子を攻め続け、彼女は首を横に振った。

「あ、だめ、ああ、だめ、だめっ……！」

「ハナコっ……！」

――あ

花子が口を開けたまま、大きく目を見開く。ずんと激しい衝撃と共に、花子の最奥にファルークの欲望が激しくぶつかった。

「あああああああっ！」

「っ、く……！」

花子が背中を反らせた瞬間、大きく膨れ上がった彼の欲望から、花子の奥に向かって熱い飛沫《しぶき》が膜越しに放たれた。どくどくと脈打つ欲望を締め付ける襞は、膜越しに感じる彼の熱を集めようと蠢く。

「は、あ、はぁ……」

襞がぎゅっと締まる甘い余韻に、花子は身を委《ゆだ》ねていた。目も眩《くら》むような快感を味わった花子の身体は、あっという間に気怠《けだる》さに包み込まれる。

「ハナコ」

「あ……」

まだ彼がナカにいるのに。身体が重くて堪らない。ベッドに沈み込んだ身体は、指一本動かすのも億劫なぐらい、疲れていた。

ファルークが花子に唇を重ねた。彼が啄むようなキスを繰り返す間に、花子はぼんやりと目を閉じた。

「……てる、ハナコ」

ファルークが甘く低い声で何かを囁いた。それを最後に、花子の意識は完全に遠ざかってしまったのだった。

＊＊＊

——無情にも時間は過ぎるもので。

「う……？」

花子が重い瞼を開けると、カーテンの隙間から光が差し込んでいた。どうやら白い壁に囲まれた部屋にいるらしい。まだ頭が回らない花子は、ぼうっとしたまま身体を起こそうとした。

「あー、身体がだるい……っ⁉」

横を向いた花子の背中に当たる、温かい感触。自分の身体に回された、褐色の逞しい腕。

（ちょ……と、待っ……て……）

二日酔いしない体質の花子の頭は、徐々に昨晩のことを思い出し始める。身体は温かいのに、さーっと血の気が引く音がした。

（あああああああああーっ！）

ファルークに翻弄《ほんろう》されて、喘いでいた自分。艶やかな褐色の肌が自分の肌に重なり、大きな手が白い膨らみを覆って――

――うあああああああ！

思わず叫びそうになった花子は、慌てて両手で口を塞《ふさ》いだ。そう、酒飲み勝負を仕掛けて、随分飲んで、うっかり寝てしまって……勝負に負けて。

（自分から脱いだんだった……！）

どう考えても、酒に酔って思考能力がなくなっていたらしい。勝負に負けたから、さっさと終わらせようと服を脱いで、ベッドに横たわって、それから彼が。

「〜〜〜〜〜〜〜〜〜〜〜〜〜〜！！！！！」

あんなことやこんなことをした、いやされた記憶が頭の中に蘇《よみがえ》る。ところどころぼんやりとしか覚えていないのは、酔っ払っていたのか、ファルークの技（？）にやられてしまったのか。

（あああ……やってしまった……）

花子は頭を抱えた。処女のまま三十路になっていっそ魔女になってやる！　と意気込んでいたのに、あっさり流されてしまったなんて。おまけに、あんなに色々されたのにもかかわらず、嫌がりもしなかった、だなんて。ファルークに負けたとしか思えない。

（酒飲み勝負だって負けなしだったのに……悔しい……！）

ぎりと歯ぎしりをした次の瞬間、ファルークの腕がぴくっと動いた。

「……ん」

溜息のような声が聞こえる。ごくりと生唾を呑み込んだ後、恐る恐る振り向いた花子の目に入ってきたのは、自分を抱き締めたまま眠っているファルークの顔だった。額に乱れた金髪が貼り付いた様が妙に色っぽい。目を閉じていても、彫像のように美しい顔だ。引き締まった唇が心なしか緩んでいて、この唇が自分に触れたのかと思うと、身体の奥がずくんと疼いた。

花子がじっと見つめていると、長いまつ毛がぴくりと揺れ、ゆっくりと瞼が開いた。花子を見つめるその瞳の青色に――溺れそうな気が、した。

「Bonjour《おはよう》、ハナコ」

にやりと口角を上げたファルークが、そっと花子の唇に唇を重ねてきた。うっかり開いてしまった唇の隙間から、ファルークの舌がゆるりと侵入する。舌と舌を擦り合わせる感触に、花子の息が止まった。

「は、んっ……んんんんっ⁉」

かっと花子は目を見開いた。自分を抱き締めるファルークの身体が――正確には身体の一部が――硬くなっている⁉

（ちょ、ちょっとぉ⁉）

「んんはっ！　ままま、待っててっ！」

逞しい胸に両手を当て、大慌てで唇を引き離した花子にファルークは妖艶に微笑んだ。

「どうした、ハナコ？　軽いキスでは満足できないか？」

ファルークが花子の腰を引き寄せる。硬く反ったモノが下腹からウエストの辺りに触れるのを感じ、花子の頬に熱が集まった。

「そ、そうじゃなくて！　もう朝でしょ⁉　起きないとっ！」

「つれないな、ハナコは。ハナコを求めて、私の身体はもうこんなになっているというのに」

花子の右手首をファルークの左手が掴み、自分の昂《たか》ぶりに花子の手のひらを押し付ける。

「んっきゃあああっ！」

硬く筋張ったソレはとても熱かった。指先が開いた先端に当たると、軸の部分とは違い滑らかな感触が伝わってくる。しかも少し濡れているようだ。

「ななな、何触らせてるんですかっ！」

ファルークがにっこりと邪気のない笑顔を見せた。

「昨夜、ハナコを可愛がったモノだ。奥を突くと厭《いや》らしく可愛い声で啼《な》いて、温かな花びらでぎゅっと締め付けて、本当にハナコは」

「わーわーわーっ！　言わないで下さいっっ！」

必死に手を凶悪なモノから離した花子は、ぽこすかとファルークの胸板を叩く。軍人かと思える程逞しい胸筋は、花子の拳《こぶし》ぐらいではびくともしない。ぜいぜい息を荒げ、ぐぬぬと呻《うめ》き声を出す花子を見て、ファルークはぷっと吹き出した。

「くっ、はっ、ははは……っ……！」

お腹を抱えて笑うファルークから、ようやく自由を取り戻した花子は、さっと身を引いてベッドから降りた。そのまま一目散にドアに駆け寄り、部屋から脱出した花子の後ろで、ファルークの笑い声が響いている。

（くーやーしーいーっ！）

広く豪勢な部屋に出た花子は、バスルームがありそうな方向に走った。ガラス張りで十畳ぐらいありそうな広さのバスルームに飛び込んだ花子は、熱いシャワーを浴びながら、怒りに任せて肌に残るファルークの名残をごしごしと拭き取ったのだった。

シャワーを浴びた後バスルームを出た花子は、更衣室の棚に真っ白なバスローブが置いてあることに気が付いた。その上に置かれているのは花子の黒縁眼鏡だ。

(そういえば、着替えって)

昨晩着ていたドレスは……そうだ、床に脱ぎ捨てたんだった。多分皺だらけになってしまっただろう。夜の灯《あか》りの中では輝くドレスも、無慈悲《むじひ》な朝の光の下で着るのは躊躇《ためら》われる。

(今はこれしか着るものないわよね……)

バスローブに手を通すと、ふかふかのタオル地が肌に触れた。きゅっと共布《ともぬの》のベルトを締めた花子は、いつものように眼鏡を掛け、顎《あご》を上げて更衣室から白い壁の廊下に出る。右に曲がって突き当りの白いドアを開けると、さっき走り抜けたリビングだ。

「……」

改めて見ると、『豪勢《ごうせい》』以外の言葉が出ない部屋だった。天井にはシャンデリア調の照明、唐草《からくさ》模様のエンボスが入った白い壁が高級感を醸し出している。二十人ぐらいは優に入れそうな大きさだ。入り口から真正面の突き当りに大きな窓があり、その向こうに青い空が見えている。窓の手前には、濃い茶色のソファが左手の壁に向かってL字型に設置され、その前には楕《だ》円形《えんけい》の白いローテーブルがあった。ソファと向かい合った壁には大きな液晶テレビが掛けられていて、まるでホームシアターのようだ。

　ファルークもバスローブを身に纏い、ゆったりとソファに腰掛けている。ハナコの方に顔を向けたファルークは、すっと立ち上がり花子の方へ歩いて来た。きっちりと前を締めている花子とは違い、緩めにベルトを締めているファルークは、バスローブの合わせ目から見える胸の筋肉も、逞しい脚も丸見えの状態だ。その煽情《せんじょう》的な姿は、否応なく昨夜のことを思い出させようとする。目を逸《そ》らせた花子の前に立ったファルークは、彼女を見下ろし満足気に微笑んだ。

「ああ、ハナコ。食べられるようなら、朝食を食べておいてくれ。着替えは紙袋の中だ。私はシャワーを浴びる」

「わ、分かりました」

　ささっとファルークから距離を置いた花子を見て、ファルークはくすくす笑いながらバスルームへと向かう。花子はソファに腰掛け、ローテーブルの上に載せられた銀色のトレイを見た。オレンジジュースが入ったピッチャーやグラス、小さめのサンドウィッチが並べられた白い皿に、ホットコーヒーの入ったマグカップまで置いてある。きっと予《あらかじ》め注文しておいたに違いない。そしてソファの端には、白い紙袋と花子がいつも通勤用に使っている黒いビジネスバッグがあった。

紙袋からは透明なビニール袋に包まれた黒い布が見えている。その中身を確認すると、花子が昨日着ていた黒のスーツとブラウスがクリーニングされた状態で入っていた。高級ブティックに預けていたはずだが、いつの間にここに。

……おまけに新品らしき下着がワンセットあるではないか。

「……手慣れてる……」

ファルークにとっては、こんな朝も珍しくないのだろう。そう思うと、不愉快な思いがむかむかと胸に込み上げてきたが、同時にお腹の方もかなり空いていることに気が付いた。二日酔いにもならない体質は健在だった。

「腹が減っては戦はできぬって言うものね」

ガラスのコップにオレンジジュースを注ぎ入れ、ぐいと一気飲みした。搾《しぼ》りたてのみずみずしいオレンジの味と香りが、花子の喉を通り過ぎていく。スライスしたきゅうりとハムのサンドウィッチも、マヨネーズで和《あ》えた卵のサンドウィッチも、どちらもとても美味しい。ふわふわ焼き立てパンに挟まれた卵の和え方も絶妙。キュウリのみずみずしさもハムの塩気も申し分ない。ぱくぱくサンドウィッチにかぶり付きながら、花子はにっこり微笑むファルークの笑顔を頭の片隅に追いやったのだった。

ごくん。

パンの欠片《かけら》を呑み込んだ後、オレンジジュースを一気飲みした花子は、タン！　と音を立ててグラスを置いた。膝の上に置いた左拳がふるふると震えている。

「……く……」

花子の口から低い声が漏れる。

「悔しい……っ……！」

どう考えても、勝負に負けた。しかも、一夜を過ごしてしまった。あんなゴージャスな男と。

――さあ、イくがいい、ハナコ

「うっ……！」

甘い声と共に、昨夜のあられもない自分の姿を思い出した花子は、あああああと呻きながら、くしゃくしゃと頭を掻き回した。

「と、とりあえず今後どうするか、決めないと」

両手でパンと頬を叩いた花子は、背筋を伸ばして腕を組んだ。むむむと眉を一文字にしてファルークのことを思う。

……多分、昨日あんなことになったのは、お互い酒が入っていたからに違いない。自分だって酒の勢いでああなってしまったのだから。

（そう考えると、もう興味なくしたってこともあり得るわよね）

会社でもファルークの女癖（？）は評判になっている。派手な容姿に恵まれた体躯、そして何より石油王で会社の経営者という肩書きまで付いて来る男。ファルーク目当ての女性達から、電話やらメールやら手紙やら本人の訪問やらが会社にもひっきりなしにあるぐらいだ。だが、ファルークは一見女性に優しく接しているものの、線引きはきっちりとしていて、特定の女性と二度出掛けることはない。来る者は拒まないが、去る者も追わないのだ。

唯一の例外は、親戚だというマルジャーナぐらいで。

ファルークと同じ肌の色の妖艶な美女。赤いルージュを塗った唇が、にまりと嗤《わら》う様子が目に浮かぶ。

（そうよね、きっともうあんなこと、しないわよね）

彼が前々から花子にちょっかいを出していたのは事実だが、それはいつも相手にしている美女とは違う、毛色の変わった花子に興味があったからだろう。一度寝たのだから、もう興味は薄れたはず。

ほっとする反面、心の奥で鈍い痛みが走ったが、花子はまるっと無視をする。

（なら、今まで通り――）

「何を考えてる、ハナコ？」

「ひゃあああっ!?」

いきなり左耳に息を吹き掛けられた花子は、文字通り飛び上がった。後ろを振り向くと、いつの間にかファルークがソファの後ろに立っていた。白いタオルで濡れた金髪を覆い、また白いバスローブを身に纏っている。シトラス系のボディソープの香りが、花子をふわりと包み込む。

ファルークは身を屈め、花子の頭をすんと嗅いだ。艶っぽい光が青い瞳に宿る。

「ああ、ハナコも私と同じ匂いがする。今度は二人で入ろうか。シャワーを浴びて、ハナコの肌を洗うのもとても楽しそうだ」

（一緒に⁉）

「えええええ、遠慮しますっ！」

ずさっと座る位置をファルークから離した花子に、ファルークはくっくとおかしそうに笑った。

「その様子だと、まだ堕《お》ちては来てくれないようだな」

「は？」

ぼそっと呟いたファルークの言葉が聞き取れなくて、花子が聞き返すと、ファルークはやれやれと首を横に振る。

「更衣室で着替えてくればいい。私もその間に用意をする。もっとハナコと睦《むつ》み合っておきたい気持ちは山々だが、ハジメテのハナコにそこまで負担も掛けさせられないからな。あんなに何度も頂点に達した後だ、身体も疲れているだろう」

バスローブから除く褐色の腕に、何本も見えるかすり傷。あれは花子が必死に彼に縋《すが》った痕……

「――――っ……！」

かあああっと花子の身体が熱くなる。意味深な台詞を吐いたファルークは、色っぽい流し目を花子に送った後、優雅な足取りで寝室へ向かう。花子も慌てて紙袋とバッグを抱え、更衣室へと走り、ごそごそと着替え始めた。新しい下着はほっそりとした花子の身体に、ぴったりフィットの状態。薄いブルーに白いレースが付いた下着セットは付け心地も良かったが、花子の心の中にはもやもやと黒い霧《きり》が湧いていた。

「どうして、サイズも趣味もぴったりの下着用意できるのよ……？」

ピンク系でふりふりの可愛い下着よりも、白からブルー系の色合いで、控えめな下着が好みだと一体どこでバレたのだ。

（いつもの格好から分かったってこと？　どれだけ女性経験あるのよ、あの男……っ！）

ぱぱぱっと白いブラウスに肌色のストッキングを穿《は》き、黒のタイトスカートと上着を身に付ける。洗面台にある化粧水と乳液をぱんぱんと肌に当て、バッグに入れておいた化粧道具であっさりメイクをした。楕円形の鏡に映る花子は、黒髪をきちんと一つに束ね、黒のスーツを着た、いつもの生真面目な秘書の姿になっていた。

バッグを左肩に掛けた花子がリビングに戻ると、黒のスーツにブルーのシャツ、髪と同じ黄色のネクタイをしたファルークが、なにやら電話をしている最中だった。

（アラビア語に似てる……？）

花子には聞き覚えのない言語。しかも早口で話す彼の言葉は全く理解できなかった。

ちらと花子を見たファルークは右手で『ちょっと待っていてくれ』と指示をしたため、花子は軽く頷き、電話が終わるのをその場で待つ。何か指示を出しているのか、ファルークの口調は鋭い。真剣なまなざしの横顔は、普段ビジネスに没頭している時の顔よりも険《けわ》しい気がした。


「～～～」

強い口調で何かを言ったファルークが電話を切る。スマホをスーツの上着に仕舞った彼は、花子の方を向いた。その時にはもう、いつもの捉えどころのない笑顔を浮かべていた。

「……済まなかった、ハナコ。トラブルが発生したらしくてね。このまま社に向かう」

「承知いたしました」

ビジネスライクな態度に戻ったファルークに、安堵《あんど》の溜息をこっそり漏らしつつも、何故か寂しいような訳の分からない感情を抱えたままになった花子だった。

その3．確かに言ったけれども

「は〜な〜こ〜！　聞いたわよ！　昨日のパーティーでお持ち帰りされたって！」

「ぶっ」

思わずラーメンの出汁《だし》を吹き出しそうになった花子は、ごほごほと咳込んだ。

朝一番でランチの誘いメールをかおりから受けた花子は、駅近くに最近できたラーメン屋に来ていた。ここなら、かおりがいる元の会社と花子がいるファルークの会社のどちらからでも近い。

一見カフェのようなお洒落《しゃれ》な外見のこの店は、ターゲットを女性に合わせていて、麺の量やトッピングが自由に調整でき、あっさりした味の出汁がＯＬに人気なのだそうだ。

そんな自慢の出汁を台無しにするところだった花子は、恨みがましい目で向かいに座るかおりを見た。薄いペールブルーのジャケットに白のブラウス、ジャケットと同じ色のフレアスカートを着たかおりは、澄ました顔で花子に言う。

「忙しい社長の代理でパーティーに出席した副社長が『シークの格好をしたファルーク社長は

とても精悍《せいかん》で、パートナーは華やかな美女で、会場一目立つカップルだったよ。パーティーの途中で二人抜け出して、きっと恋人同士なんだろうなあ』って廊下で立ち話してたのよ。もっとも副社長はそれが『鉄の秘書』である花子だって気付いてなかったみたいだけど、社長が『着飾った花子さんを見れなかったのは残念だなあ』ってぽろっと」

太郎の余計な一言でバレたらしい。思わず手のひらで割り箸を折りそうになった。

「……そう。社長には色々と注意しないといけないみたいね」

ふっふっふ、と暗く微笑む花子に、かおりは身を乗り出してきた。

「で？　どうだったのよ、彼？　噂通り、素敵だったの？」

「噂って」

心臓にどくっと蹴りを入れられたような衝撃に花子は耐えた。かおりはここぞとばかりに、熱弁を振るいだす。

「だって彼、幾人もの恋人がいたシークでしょ？　一夜限りのお相手でも、何カラットもあるダイヤのネックレスをプレゼントされたとか、まるでお姫様になった気分を味合わせてくれるエスコートだったとか、豪勢なホテルの部屋で甘く濃厚な一夜を過ごしたとか、伝説がいくつもあるのよ。それが本当だったのか、是非知りたいわ」

きらきらに飾り立てられて、エスコートされて、酒飲み勝負して、そしてあの夜は……それ以上は思い出したくない。花子は冷静に言葉を返した。

「ノーコメント、よ」

かおりがむうっと唇を尖らせる。

「ええーっ、花子ずるくない？」

「仕事だったのよ、仕事。大体、彼の周囲にいる女性と私とじゃ、全然タイプが違うじゃない」

「だからこそ！　よ」

ずずずいっとかおりが花子に顔を寄せた。

「ねえ、花子。これを機に、男性にも目を向けた方がいいわよ？　今まで花子は『処女のまま魔女になる』って頑《かたく》なだったけれど、もったいないんだから」

「かおり？」

かおりは、うんうんと頷きながら言葉を続ける。

「彼との経験をきっかけに、男性不信も少しは直した方がいいってことよ。あんな最高級の石油王に迫られたんだから、もっと自信持ちなさいよ」

「……」

（迫られた、ねえ）

そもそも花子がドレスアップしたのは仕事のためだし、あれは迫られたというより、花子が迫ったというのに近い。もし、花子が正気で、勝負を挑まなかったら——あんな展開にはならなかったのかもしれないのだから。

「とにかく、何も話す気はないわ。会社で聞かれても、適当に流しておいて」

「仕方ないわねえ」

口を割らない花子を見たかおりは、溜息をついて肩を落とした。

＊＊＊

「ちょっと山田さん？　社長に迫ったって話、本当なの!?」

かおりの追求をかわした花子だったが、ランチ後すぐの時間に社長室を訪ねてきた女性社員に捕まってしまった。席の前に立っているのは、確か秘書課の一人だったはず。明るい茶髪に派手なメイクは見覚えがある。花子はくいと眼鏡の蔓《つる》を上げ、睨み付けてくる彼女を見上げた。

「どういう経緯で話を聞かれたのか分かりませんが、そんなことはありませんでしたよ、中居《なかい》さん」

花子と同じような黒のスーツを着ている中居は、ふんと鼻を鳴らして腕を組む。

「社長にちょっと優しくされたからって、いい気にならないでよね。あなたはあくまで臨時秘書で、そのうちいなくなるのだから」

――その臨時秘書に成り手がなかったからこうなったのに、何を言っているのやら。

花子の眉間に皺が寄る。

そもそも花子がファルークの秘書になったのは、社内に適当な人材がいなかったせいだ。おそらく、この中居のように仕事以外のことに熱心な秘書ばかりだったのだろう。

「あなたみたいに地味な女は、仕事だけやってればいいのよ。パーティーに同伴だなんて、おこがましいわ」

「そうですね」

（ええ、ええ、断れるものなら断っていたわよ。あなた達の誰かが冷静に対処できていればね）

花子の鉄の笑顔は崩れない。中居との間に激しい火花が散る。

「そこまでにしておいてくれないか、ミス・ナカイ」

低い声が社長室に響き、中居がぎょっとした顔で後ろを振り向いた。花子も目を丸くして中居の背後を見ると、いつの間にかファルークがドア付近に立っていた。薄ら笑いを浮かべている彼の顔に、花子の背筋はぞくりと震える。

「しゃ、社長。私は社長のことが心配で！　山田さんはここに来て間もない派遣社員ですし、何か不備がなかったのかと気になって」

必死に取り繕《つくろ》う中居を見下ろしたファルークはつと歩みを進め、花子の後ろに立った。ぽんと右手を花子の右肩に置いたファルークは、笑みを深めて言う。

「心配はいらない。ハナコは完璧だったよ。彼女の美しさに、パーティー会場中の男達の視線がうるさかったぐらいだ。もっとも」

ファルークは花子の括った髪を持ち上げ、そこに軽いキスを落とした。

「ハナコの夜を独占する権利は、誰にも譲る気はないが」

(ああああああ！　何言ってるの、この男はっ！)

「な、なんですってっ⁉」

中居の目がかっと見開かれ、般若《はんにゃ》のような顔になる。唇がわなわなと震わせた彼女は、花子を憎々し気に睨み付けた後、「失礼しますっ！」とドアを開けて出て行った。

「しゃ、社長！　何てこと言ってるんですかっ！」

花子が後ろを振り返りそう叫ぶと、ファルークは「ん？」と小首を傾げる。

「あんなこと中居さんに言ったら、あっという間に噂が広がるじゃないですかっ！」

「事実なのだから、問題はない」

「大ありですっ！」

しれっと答えるファルークの頬にビンタを喰らわせたくて堪らない。花子は怒りに震えながら言葉を継いだ。

「き、昨日の件は酒に酔った上での、たまたまの出来事でしょう⁉　それをあんな大袈裟に……！」

「おや」

ファルークの瞳がきらりと光る。花子が座る椅子のひじ掛けに両手を置いた彼は、身を屈めて花子を見つめた。蠱惑的なムスクの香りが花子を捉えて離さない。

「まだ言い足りなかったのか？　ハナコ、私は今でもハナコが欲しいと思っている。一度で満足できる訳ないだろう？」

「は、い⁉」

花子の表情が硬まる。

（何言ってるのよっ！）

「だから、あれは！　私が勝負に負けたからでしょう！　だったら、もういいはずです！」

ファルークの唇が、花子の右頬に軽く触れた。

「……ハナコは勝負に負けたままでいいのか？」

「っ！」

触れられた頬が熱くなる。花子がきっと睨み付けると、ファルークの瞳は妖しく輝いていた。

「こういうのを、ヤリニゲと言うのだろう？　ハナコはヤリニゲするつもりなのか？」

「何言ってるんですか、やり逃げって！　意味違うでしょう！」

どういう理解をしているのだ、この男は。

「やり逃げというのは、主に男性が女性を抱いた後逃げることで……って、どうしてこんな説明しないといけないんですかっ！」

ファルークが首を傾げた。

「ふうむ？　私は逃げたりしないが、ハナコは負けたまま逃げようとしているだろう。なら、ヤリニゲで正しいのだな」

「〜〜〜〜もう！　違いますっ！」

いつの間にやら、やり逃げ女になっている。石油王をやり逃げした女に。花子のこめかみに青筋が立った。

「違うと言うなら、勝負の続きをしないか、ハナコ」

「勝負、ですって？」

目を吊り上げた花子がファルークを睨むと、彼はにまりと口端を上げる。

「酒に酔っていたからああなった、と言うのなら、改めてシラフの時に会わないか。そこでもう一度勝負しよう」

う、と息を呑んだ花子に、ファルークが畳みかけてきた。

「それともハナコはヤリニゲするのか？　勝負を捨てて？」

「……」

これに乗ってはいけない。そう思っているのに……

ファルークは小さく首を横に振る。

「やれやれ、ハナコは勝負に勝つ自信がないのだな。そうだろうな、あんなに私の下で可愛く喘いで、何度も絶頂に達して、受け入れた私をきつく締め付けて、最後は」

「きゃあああああっ⁉」

（何言ってるのよーっ！）

花子の体温が一気に上がった。彼女を見下ろすファルークの瞳が悪戯《いたずら》っぽく光る。顔を近付けてきた彼の息が、花子の頬に当たった。花子の身体の奥の疼きが、全身に広がろうとしている。

「昨夜の勝負は私の勝ちだ。ハナコは我を忘れて快楽に溺れていたからな」

「う、くっ……！」

否定できないところが悔しすぎる。澄ました顔に拳を入れたい。ぎりと歯を食いしばった花子にファルークが囁く。

「リベンジする気はないか、ハナコ？」

「リベンジ？」

キスするかしないかの、ぎりぎりの距離で彼の唇が動く。

「ハナコが私に勝ったら――願いを一つ何でも叶えよう」

「願い？」

「そう」

花子の唇の端に彼の唇が触れ、彼女の肩がぴくんと揺れた。

「世界最高級のダイヤの指輪でも、ファイアオバルにある油田の権利でも、私が持っているホテルでも、モナコの別荘でも、クルーザーでも、ジェット機でも、何でもプレゼントしよう」

「……」

(そんなもの持ってるの、この人は⁉)

夕食奢《おご》るよ、ぐらいの軽さで何言ってるのだ。話が大きすぎてついて行けない。花子はふっと息を吐いた。

「結構です。いくら贈与税を払う羽目になると思っているんですか。そんなものより！」

ファルークの高い鼻に、花子は右人差し指をびしっと突き付ける。

「私が勝ったら、もう私にちょっかいだすのは止めて下さい。私は、あなたみたいな派手な男性に振り回されたくないんです。私が望むのは——平々凡々な毎日、ですから」

ファルークの顔に驚きの表情が浮かんだ。目を大きく見開き、唇がきゅっと引き締められている。

(まつ毛、長っ……！)

酔っていない状態で間近に見るファルークの顔は、凶悪なまでに色っぽかった。整った美しい顔立ちだが、男性——というより雄の風格が漂っている。彼が本気になったら、この逞しい腕の中から逃げられない。そんな想いが心を過ぎった。

ふっとファルークのまなじりが下がる。花子の心臓もどくんと動いた。甘い微笑みを浮かべたファルークは、唇を花子の唇にそっと押し当てる。柔らかな感触に身体を硬直させた花子から、ほんの数ミリ離れた唇が三日月型になった。

「いつにする？　今日か？」

「きょ、今日っ⁉」

花子の目が丸くなる。

まだ腰が重だるいのに、今日⁉　散々喘がされて喉もまだ痛いし、太腿も……！

「今日は止めて下さい！　仕事だってあるんですからっ！」

必死にファルークの胸板を両手で押したが、彼はびくともしない。

「なら、いつがいいんだ？」

ファルークの唇が花子の肌を弄び始めた。唇や頬に熱い唇が触れ、花子の身体の奥に疼きを植え付けようとしている。

「うっ……し、週末にして下さい！　平日は仕事の邪魔です！」

（しまった！）

思わず叫ぶのと同時に、花子の顔から血の気が引いた。

（約束……してしまったじゃない！）

「そうか」

にっこりと笑ったファルークは身体を起こし、花子を腕の中という檻《おり》から解放する。してやったりと言いたげな笑顔のファルークをぶん殴りたくて仕方がない。花子は拳を握り締めて、彼を鋭い目付きで見上げた。

「では、週末に迎えに行く。楽しみにしている」

ひらひらと右手を振って社長室を出て行ったファルークの背中に、熱を出せ、お腹を壊せ、と呪いを掛ける花子だった。


お洒落なカフェでのランチタイムはどんよりとした空気で始まった。サンドウィッチを抓みながら昨日の出来事を聞いたかおりは、残念そうな眼差《まなざ》しで花子を見ている。いつもの黒のスーツを着ている花子の背後は、どんよりとした灰色のオーラに覆われていた。

「……チョロイ。チョロ過ぎるわよね、花子」

「言わないで……」

呆れ顔のかおりの前で、花子はぐったりとテーブルに突《つ》っ伏《ぷ》した。

「週末デートまで約束しちゃうなんてねえ」

花子は顔を上げ、かおりを睨み付ける。

「デートじゃなくて、勝負だと言って。負けっぱなしで逃げるなんて、できなかったのよっ！」

「そういうところが、チョロイのよ」

食後のコーヒーを飲みながら、かおりがばっさばっさと花子を斬《き》っていく。

「大体、男性経験皆無《かいむ》の花子と世界中の美女と浮名を流してきたシークとじゃ、勝負になりようがないでしょうが。花子の負けず嫌いのところをしっかり把握した、彼の作戦勝ちだと思うわ」

「うっ」

反論できない花子も、コーヒーを一口飲む。引き立てのコーヒーの香《こう》ばしい香りも、ささくれだった花子の心を癒《いや》してはくれなかった。

(だけど、挑まれた勝負を逃げるなんて、嫌だもの！　今度こそぎゃふんと言わせて見せるからっ！)

「で？　週末どこ行くの？」

かおりの質問に花子は首を横に振る。

「まだ決めてないわよ。行きたい所に連れていくって言われたけど……」

あのド派手な男と一緒に行く場所……と言われても、全く思いつかない。一流ホテルでのディナーやクルーズナイトのような、ゴージャスな場所が似合うファルークだが、その辺りの下町を歩いているところなど、想像もできない。

「早く決めないと、勝手にホテルに連れ込まれちゃうんじゃない？」

「そ、それは嫌よ！」

かおりの言葉に、花子は愕然《がくぜん》とした。そうだ、行くところがないなどと言おうものなら、またホテルに行って――

花子の頭に浮かんだのは、情欲の炎が宿る青い瞳。肌に吸い付く唇の感触や、汗まみれの褐色の肌から立ち上る雄の匂いまで蘇ってきて。

(ああああああ！)

だめだ、さっさと予定を決めなくては。ホテルとか密室とかとは程遠い場所でっ……！

悶絶《もんぜつ》しながらもスマホで検索を始めた花子を見ながら、かおりがぼそっと「本当にチョロイわよねえ……仮病使うとか約束反故《ほご》にするとか、思い付かないんだから」と呟いたことに、彼女は気が付かなかった。

＊＊＊

意外にも（?）その後のファルークは、花子にそういう意味でのちょっかいは出してこなかった。ピリピリと神経を尖らせ、周囲にバリアーを張るかのごとく警戒していた花子に、多少の恩情を与えていた……かもしれない。おかげで精神的にはかなり疲れたものの、花子は日常の業務を滞《とどこお》りなく遂行することができた。が。

「……無情にも時は過ぎるのよね……」

永遠に来ないで欲しいと願った週末は、いともあっさりやって来る。

石畳が円形に広がった駅前広場で、花子はファルークを待っていた。円の中心にある時計塔がシンボルのこの広場はバス停も近く、ベンチや花壇が設置されていることもあり、地域の待ち合わせスポットになっている。当初、ファルークに家まで迎えに行くと言われたのだが、リムジンなんぞで来られては目立つと必死に断り、ここで待ち合わせをすることになったのだ。花子は時計塔から数メートル離れたところに立ち、行き交う人を何とはなしに眺めた。

今日の花子の格好は、茶色のダウンジャケットに濃い目のジーンズ、足元は茶色の革のショートブーツ。手に持っているハンドバッグもブーツと同じ色合いだ。黒縁眼鏡は相変わらずだが、いつもは括っている髪を下ろしていた。

クリスマスシーズンということもあり、楽しそうに歩くカップルが多い。幸せそうに微笑む高校生らしきカップルを見た花子は、はあぁと白い息を吐いた。

（あんな風に楽しく二人で……なんて無理無理！）

スマホでお出かけサイトを検索し、健全な関係でいられそうな（？）場所を探してみたものの。

（あの人がいるだけで、どんな場所でも不健全になりそうなのは何故!?）

金髪に青い瞳、滑らかな褐色の肌。長身で逞しい身体。そして誘惑するようなムスクの香り。どんな場所にいたとしても、どんな格好をしていたにしても、あの色気は隠せそうにない。

ホテルでの会食はもってのほか。映画館は暗いし、ショッピング……に行けば、どれだけお金を使われるか。考えただけで、胃に穴が開きそうになる。

結局花子は、オープンスペースでの食事を選択した。川沿いに屋台が立ち並ぶ場所があり、テーブルや椅子も設置されている。客は座って食べるもよし、歩きながら食べるもよし、という感じで、各々自由に過ごしている。冬場はやや冷えるが、これなら使えるお金にも上限があるし、お腹が膨れればそこで終了だ。

（屋台だから気軽な格好にしてくれって頼んだけれど……まさかあのシークの格好で来ないわよね!?）

ファルークの私服姿が想像できない。民族衣装かビジネススーツしか見たことがないのだ。

（私思いっ切り普段着で来たけれど、一緒に歩けない格好だったらどうすれば）

悶々《もんもん》と悩んでいた花子は、ふと近くを通りがかったカップルに目をやった。明るい茶髪の男性の腕に、黒いロングヘアの女性が腕を絡めている。男性の顔を見た花子は目を見張った。

「……っ！」

さっと顔が引き攣ったのと同時に、花子の方を見た男性と目が合う。男性はおやと目を丸くし、口元をにやりと歪めた。そのまま花子の傍に近付き、彼女を見下ろす。ややたれ目がちな彼の瞳には、どこか馬鹿にしたような色が浮かんでいた。

「久しぶりだね、山田さん。俺のこと、覚えてる？　相変わらず……真面目そうだ」

花子は「久しぶりね。ええ覚えてるわ、常盤《ときわ》くん」とさらりと返したが、内心舌打ちをしていた。

（こんなところで会うなんて）

常盤塁《るい》。花子の大学時代の同期生で……花子の忌《い》まわしき過去の登場人物だ。

「ねえ、塁。この人だあれ？」

常盤の左腕にしがみ付いている女性が、甘ったるい声を出した。黒のフェルト生地のコートを着ている常盤とは対照的に、白の丸襟《えり》のコートを着た彼女は、フランス人形のようにぱっちりとした目鼻立ちで、やはり花子を馬鹿《ばか》にしたような目をしている。

「こちらは山田花子さん、俺の大学の同期生だよ。彼女は真面目でね、よくレポートを見せてもらったんだ」

「ふーん、そうなんだ。確かに真面目さしか取り柄なさそうだものね。名前も平凡だし」

くすくす笑いながら常盤の身体に自分の身体を擦り寄せている彼女に、花子は冷えた視線で応えた。

大学時代は、引っ込み思案で地味な自分に話し掛けてくれた、明るく気さくなイケメン……だと思っていたが。

(今見れば大したことないわね)

常盤もそれなりに背は高いが、ファルークの方が高くてがっちりした体形だし、軽くパーマのあたった茶髪も何だか軽く見えるし、顔もそこそこのような気がする。

太郎といい、ファルークといい、かなり上質の男性を見慣れてしまった花子からすると、何故この男のことで傷付いたのか、過去の自分に問い質《ただ》したい程、謎だ。

「山田さんも友達を待ち合わせ？」

表情の変化の乏《とぼ》しい花子に構わず、常盤はにこやかに話しを続ける。

「そうね」

冷静な花子に、女性が信じられなーい、と声を上げた。

「えーっ、もうすぐクリスマスなのにぃ。恋人とデートしないんですかぁ？」

上目遣いで常盤を見る女性は、明らかに花子を見下している。そんな女性を見る常盤の目も、彼女と同じような目付きをしていた。

「山田さんはきっと仕事に生きる女なんだよ。加奈子《かなこ》とは違って」

——あんな地味女、本気にするわけないだろ？

仲間内でそう話していた、あの時と同じ声だ。

「塁ったらあ、はっきり言っちゃ、かわいそうじゃない」

彼の言葉にくすくす笑っていた女子達もこんな感じだった。

（常盤くんに会ったら、嫌な思いをするかと思っていたけれど）

何も感じない。それが正直な感想だった。目の前でいちゃいちゃされたところで、目障りだなぐらいにしか思わない。

（もうそろそろ、このバカップルを置いて離れてもいいわよね）

そう思った花子の右肩に大きな手が後ろから伸びた。

「待たせたね、ハナコ」

「っ！」

低い声に振り向くと、甘い笑みを浮かべたファルークがそこにいた。常盤を見ても何ともなかった心臓が、ばくばくと早い鼓動を打ち始めた。

「え、ええ、大丈夫」

ファルークはライダースーツのような黒の革ジャンに、オフホワイトのリブ編みタートルネックセーターを着ていた。花子と似た色合いのジーンズにカジュアルな革靴を合わせたその姿でも、かなり人目を惹いていた。周囲からの、特に女性からの視線を全身に浴びているファルークだが、何も気にしていないようだ。

「え⁉　誰この人っ⁉」

加奈子と呼ばれた女性が甲高い声を出すと、ファルークはちらとそちらを見た。花子が二人の方に向き直ると、加奈子は頬を染めてファルークをうっとりと見つめ、常盤は息を呑んでいるようだ。

「ハナコ、ハナコの知り合いか？」

ファルークの顔には、二人に興味はない、儀礼的に聞いているだけだ、と言わんばかりの表情が浮かんでいる。花子は「ええ、まあ」とお茶を濁《にご》した。

「大学時代の同期生に久しぶりに会っただけなの。じゃあ、常盤くん。デートの邪魔しちゃ悪いから、これで」

花子も儀礼的な笑顔を浮かべて軽く会釈し、くるりと踵《きびす》を返した。肩にファルークの手の重みを感じながら歩く花子の後ろで、「すごい、アラブの王子様みたい！」と加奈子の声が聞こえてくる。それをなだめる常盤の声は聞こえない。

（何だか……すっとしたわ）

――ファルークが来てくれて、軽く『ざまあ』できた気分になった。

花子の連れがファルークだと知り驚愕《きょうがく》の表情まで浮かべていた常盤。ファルークに見惚れる加奈子に、渋い顔をしていた。

（常盤くんじゃ、ねえ。この人の相手になりはしないもの）

大学のサークル内では美形で通っていた常盤だが、ファルークとでは全く勝負にならない。ファルークの持つ王者の雰囲気など、彼は持ち合わせていないのだ。心の底で強張《こわば》っていた部分が、ゆるりと解けた気がする。

「さっきの二人だが、ハナコに失礼なことを言っていなかったか？」

花子が目を瞬《まばた》き左隣を見上げると、彼は眉を顰めていた。

「いえ、別に」

あれくらいのこと、会社でも言われ慣れている。いい気分ではないが、スルーすればいいだけだ。

花子の返事を聞いても、ファルークは不機嫌そうに唇を曲げた。

「あの男はハナコの何だ？」

（え？）

「なんだ、って……ですから、大学の同期生ですよ。卒業してから初めて会いました」

仕事が忙しいこともあり、サークルの同窓会も常盤が来るかもとずっと欠席している。あんなところで会うなんて、思ってもみなかった。

（正直、顔もおぼろげにしか覚えてなかったわ）

言われた台詞は何度も胸の中でリピートされていたが、はてあんな顔だっけ？　と内心首を捻《ひね》っていたぐらい、印象が薄れていたのだ。

しばらく渋い顔をしていたファルークだが、ふっと息を吐いた後、不機嫌な表情を消した。身に纏う色気が濃くなり、花子の背筋にぞくぞくと悪寒が上ってきた。

「……まあ、いい。今はハナコとの時間を楽しみたい」

「そ、そう、デスカ」

色っぽいウィンクなど止めて欲しい。こちらの心臓を止める気なのか、そうなのか。

「じゃあ、行きましょう。ここから十分ほど歩いた川沿いにあるんです。色々な食事処が揃《そろ》ってるので、きっと気に入る物もあるはずですから」

「では、そこで食事をしながら本日の勝負を決めるのだな？」

「……はい」

楽しそうなファルークの声とは裏腹に、花子の声は暗かった。

(だって！　この人に勝てそうな勝負が中々思いつかないんだもの！)

花子一番の自慢だった酒飲みは負けている。他とはいっても、体力勝負ではファルークに敵わない。花子が勝てそうな種目は、手先の器用さぐらいしかないのだ。

(とりあえず、食事しながらこの人の弱点でも探るしかないわっ！)

気合を入れ直し、すたすたと歩く花子は、笑いを堪えている隣の男性の様子に全く気が付いていなかった。

「ほう。ここか」

ファルークが興味深げに辺りを見回している。花子はふふんと少しだけ胸を張った。

二人が来たのは、観光用の船も行き交う川岸の一角だ。二百メートル程の区間に屋台形式の店が立ち並び、その前にある川沿いの道は車両進入禁止となっている。そこにテーブルや椅子があちらこちらに置かれていて、屋台から買ってきた食事を食べられるようになっていた。

冬場は寒さも厳しいが、テーブルの足元に小さな電気ヒーターも設置されているため、客足が途絶えることもなさそうだ。

「さ、何にしますか？　ジャンクフードから多国籍料理、和食もあるんですよ」

ファルークが特に食事制限をしていないことは把握している。好き嫌いがよく分からないため、色んな店が集まっていて個室じゃない（ここが重要だった）場所を選んだのだ。

「ハナコは何にするんだ？　オススメを食べてみたい」

青い瞳を煌めかせてそう言うファルークから目が離せない。花子は店を選ぶフリをして、無理矢理視線を彼から外した。

「そうですね……あそこのハンバーガー屋はどうですか？　ステーキ肉をバンズに挟んだハンバーガーがあるんですよ。それに豆腐や野菜バーガーもあって、健康的なんです」

花子が指さしたのは、赤と白のストライプのオーニングが目を惹く店だった。店先にある黒板のスタンドに、メニューがチョークで書いてある。今も学生らしき男子二人組が、トレイに載ったかさ高いバーガーを受け取っているところだった。

「ふむ。中々ボリュームがありそうだ。よし、ここにしよう」

店内でバンズを焼いていた女性が、軒先に立つファルークを見て目を丸くした。注文を聞くレジ係の男性も、ファルークが流暢《りゅうちょう》な日本語で話すのを、驚いた表情で見ている。

「ハナコはどうする？」

「私は照り焼きチキンバーガーに温野菜サラダ、ドリンクはレモンティーで」

「なら、私はステーキバーガーとポテト、ドリンクはホットコーヒーを頼む」

「ははは、はいっ」

何だか店内があたおたしているようだ。『あ、あの人って芸能人？』『ロマンス小説の挿絵に出てくる人みたい！』等々の小声まで聞こえてくる。

（これだけ騒がれても、全く動じないのよね、この人……）

当のファルークは、素知らぬ顔だ。こうやって騒がれることが珍しくないから、かもしれない。

ファルークは支払いを済ませ、注文した品が載ったトレイをさっと手に持った。店と川のちょうど中間辺りに設置された、四人掛けの丸テーブルに花子を座らせたファルークは、その右隣に腰を下ろした。ふわりと彼の金髪が風になびく。

「のんびりできる、良い場所だな」

長い脚を組み、川を上る観光船を見ながら、ファルークが呟く。川から吹く風は冷たいが、足元の暖房のおかげで身体が震える程ではなかった。

「豊かな水があるのはいいことだ」

がぶりとバーガーにかぶりつくファルークが、遠い目をして言う。

「元々私の一族は砂漠や荒野を彷徨《さまよ》っていたんだ。井戸を掘り当て、定住の地を得られた時には、一族全員で神に祈りを捧《ささ》げたそうだ」

「砂漠……ですか」

花子もこってりとした照り焼きの味を楽しみながら、ファルークの横顔を見上げた。このまま写真を撮れば、ブロマイドとして十分売れると思う。

「ああ、国際支援のためファイアオバルを訪れていた技術者が井戸を掘ってくれた。私の祖父は彼に感謝し、色々と便宜を図ろうとしたが辞退されたらしい」

「そうなんですね」

やはり砂漠では水は貴重なのだ。ふむふむと頷きながら食べる花子を、ファルークは愛おし気に見つめた。

「そうそう、ハナコ。私のことをファルークと呼んでくれないか」

「ぶっ」

レモンティーを吹き出しそうになった花子は、げほげほと咳込んだ。そんな花子の背中を撫でながら、ファルークが耳元で囁く。

「今はプライベートタイムだ。シークだの社長だの、称号では呼ばれたくない」

「っ……！」

頬に熱が集まってくる。意識しないようにしていた、あの夜の出来事が心の中に浮かび上がってこようとしていた。

（だめだめ！　心頭滅却《しんとうめっきゃく》！）

ふるふると首を横に振ってファルークを睨むと、彼はにこやかに言葉を継ぐ。

「ではハナコは負けを認めるのだな？　あの夜、ハナコは私の下で白い肌の全てをさらけ出して何度もイっ」

「あああああ！　何てこと言うんですが、あなたはっ！」

花子は大慌てで周囲を見回した。幸い近くの席に座る客はおらず、遠巻きにファルークを見ている人も彼の言葉を聞き取った様子はない。

「名前くらい呼べるだろう、ハナコ」

とんでもないことを口にしながら、全く恥じる様子がない。まるで単なる世間話をしているかのように堂々としているファルーク。恥ずかしがっているこちらが馬鹿みたいだ。

「わ、分かりましたっ……ふぁ、ファルーク」

初めて呼ぶ彼の名に、舌がもつれそうになった。ううう と唸《うな》り声《ごえ》を上げて俯《うつむ》く花子の右頬に、熱い唇が触れる。

「愛しい人に名を呼んでもらうことが、こんなに甘美だとは。是非ベッドの上でも呼んで欲しいものだ」

「〜〜〜〜〜っ！」

頬を右手で押さえた花子は、間近に迫る青い瞳をまともに睨み付けた。

「今度こそ勝負に勝ちますから！　そんな機会はありませんっ！」

くすくす笑うファルークが、ホットコーヒーを口にする。

「では、勝負は何にする？　ハナコが選ぶといい」

「くっ……！」

腹立たしくて、もがもがと大口でバーガーを食べてしまう。大体、この男に不得手なものがあるのか。

(体力勝負はだめだから、頭脳勝負……って言っても、この人の頭の切れは半端じゃないし)

難解なクイズやパズルでもすらすら解いてしまいそうだ。もっと単純な方がいい。

バーガーを食べ終わった花子は、紙ナプキンで口元を拭き、ファルークに向き直った。

「では、カードで勝負しましょう。三回勝負で」

　おや、とファルークが片眉を上げる。

「ポーカーでもするのか？」

「いいえ？」

　にっこりと花子は微笑んだ。

「もっと古典的なカードゲーム……ババ抜きでどうですか？」

　表情がまるで動かない花子の得意なゲームだ。ファルークは目を丸くした後、にやりと不敵に笑う。

「了承した。では、食べ終わったら勝負の場に移ろうか？」

「一体どこに」

　警戒する花子にファルークは楽しそうに両手を広げて言った。

「ハナコが決めればいい。私はそれに従おう」

（余裕綽々《よゆうしゃくしゃく》って表情が憎たらしいっ）

　花子を見つめる青の瞳には、動揺の欠片《かけら》も映らない。今ファルークの瞳に見えるのは、笑いと僅かな熱、そして花子には読み取れない何か、だ。

（こんな派手な人と一緒にいられる場所なんて）

　ホテルの部屋は御免こうむりたい。公園などのオープンスペースでは、集中できない。

（個室だけど、厳密には個室じゃない場所……あ）

花子はバッグからスマホを取り出し、すすすっと操作した。

「ハナコ?」

「いい場所が見つかりました。ここから近いですし、予約しておきますね」

澄ました顔をした花子は、スマホを仕舞うとまた食べることに専念し始めた。そんな花子の隣で、ファルークものんびりと肉厚のバーガーを食べていたのだった。


「さ! ここなら邪魔は入りません」

「ほう」

ファルークは物珍しそうに、赤い壁の部屋の中を見回していた。狭い部屋の真ん中にある小さな机を挟んで、向かい合わせに設置された硬いソファ。入り口から真正面の壁にはスピーカー付きの大きなテレビ。そしてテーブルの上に置かれた分厚い冊子とタブレット。並べて置かれた二本のマイク。タンバリンやマラカスが入ったかごも入り口近くに置いてあった。

バーガーを食べた後、コンビニに寄りトランプを購入した花子達が来たのは、カラオケ屋だった。周囲は騒がしいが、一応二人きりになる上、入り口ドアの中央は丸いガラス窓。完全な密室にはならないようになっている。両隣からは今流行《はや》っている若手グループの歌が、大音量で流れていた。

（ここならまだ人目もあるし、邪魔も入らないし）

上着を脱いだ花子は、ファルークの上着も受け取り、ハンガーに掛けた。

背の高いファルークがソファに座ると、狭い部屋が尚更《なおさら》狭く見える。テレビに映るカラオケランキングを見ている彼の真正面に花子は腰を下ろした。

「なるほど、歌を歌う場所なのか」

「ええ、まあ。ですが、歌わなくても友達同士の集まりに使ったりしますよ。ソフトドリンクは飲み放題ですし」

何か飲みます？　と聞いた花子は、ファルークが笑いを堪えていることに気が付いた。じっと彼を見ると、ファルークはごほんと咳払いをする。

「っ、済まない。冷たいドリンクはないか、ハナコ？」

「ワンドリンクは注文しないといけないので、チューハイでも大丈夫ですか？」

「ああ、任せる」

あまり甘くない方がいいかも、と思った花子は、レモンサワーと柚子サワーを注文した。フリードリンクは自分で取りに行かないといけない。

「私はソフトドリンクを取ってきますね。店員がチューハイを持って来るので、何か食べ物が必要であれば注文して下さい」

メニューをファルークに押し付けた花子は、さっさとカラオケルームを後にした。

……一人残ったファルークの表情を見向きもしないまま。

＊＊＊

──可愛い、可愛過ぎる……！

花子がカラオケルームを出ていった後、ファルークは我慢しきれずにぶはっと盛大に吹き出した。笑いを堪えていたせいで、腹が痛い。腹を手で押さえながら、ファルークは小さく肩を揺らした。


あの甘い夜以降も花子の態度は変わらない。鉄仮面を被った冷静な秘書。黒の眼鏡もタイトスカートスーツも、相変わらずだ。

だが……ファルークがほんの少しでも花子に近付くと、ぴくっと肩が震えるのだ。白い頬をほんのり染めながらも、いつも通りの声を出す花子を見る度、あの夜以上にどろどろに蕩《とろ》けさせて、甘い喘ぎ声を上げさせたいと思ってしまう。

ファルークのことを意識しているのは間違いないが、それでいて仕事は普段と変わらず着実にこなしている。時折、ファルークを見つめる黒縁眼鏡の奥の瞳が揺らぐのを、ファルークは楽しみにしていた。

抑えきれず、くっくと笑い声が漏れる。大体、大会社の社長で石油王、そして族長《シーク》の称号を持つファルークを、こんな狭いカラオケルームに連れてくること自体、花子でなければ誰もやらないのだ。

（ハナコなら、私の正体を知っても今と態度が変わりそうにないな。いや逆に、逃げられる気がする）

複雑な家庭環境を持つファルークは、人間関係には慎重だ。友人と思っていた人物すら、ファルークの富や権力に惑わされる者が大半だったからだ。太郎は、珍しくファルークの立場を知っても態度を変えなかった数少ない友人の一人。逆に『お前、大変なんだな』と同情してくれた。

その太郎から紹介された花子が、実はファルークが日本で探し求めていた人物だったと知った時、正にLe contrôle de Dieu《神の采配》だと思った。

艶やかな黒髪を一つに括り、黒縁眼鏡に黒のスーツという地見目な格好をしている花子。だが、ファルークの目から見れば十分すぎる程魅力的な女性だった。

黒曜石のような吊り目気味の瞳に、すっと通った鼻筋、小さめの唇はいつもきりっと結ばれている。花子は日本女性にしては背が高い方で、すらりと無駄のない身体付きをしている。滑らかな白い肌が、ファルークに動揺してさっと染まる様がまた、可愛らしくて仕方がない。

そして、ファルークに対するあの態度。花子は礼儀は尽くしているが、ファルークに擦り寄ってくる女性達とは違い、『一刻でも早くそばから離れたい』と言わんばかりなのだ。

太郎に聞けば、花子は大抵の男性にも冷たい対応らしいが、ファルークに対しては冷たさが突出しているらしい。それを聞いたファルークが、その氷を溶かしてやると心に決めたことは太郎も薄々勘付いている。

……まあ、花子の反応が可愛らし過ぎて、ついつい花子の嫌う軽めの男を装ってしまい、花子にスルーされる羽目《はめ》になったのだが。

「一度抱いたからといって、容易《たやす》く陥落してはくれないらしい」

あの夜の花子の身体は、驚く程素直で敏感だった。女性経験がそれなりにあるファルークが、初めての花子に理性を持って行かれそうになったぐらいだ。なのに、花子は今もファルークに抗《あらが》っている。その強い心が恨めしく感じた。

――早く花子の全てを我がものとしたい。自分に縛り付けたい。

「ハナコのナカに直接、私の子種を与えたいところだが」

今の状況では、それはできない。花子がファルークの子を宿す事態になれば、彼女をより危険な目に遭《あ》わせることになるからだ。

(全く煩わしい)

ファルークは硬い背もたれに背を預け、深い息を吐いた。灯りに呼び寄せられる蛾《が》のような女性が、ファルークの周囲には何人もいる。そのお陰で、花子という存在の目くらましとなってはいるが、一刻も早くそんな女性とは縁を切り、花子一人を囲い込みたいところだ。だが、国の状況も一進一退を繰り返しており、思うように事態は進まない。

そんな中、ファルークが日本に来ている間に、異母弟《ラシッド》が何やらきな臭い動きをしているとの報告もあり、ファルークは身辺警備を見直している。もちろん今日のデートも、花子のあずかり知らないところで、幾人もの警備員にガードされているのだ。

（あいつをいぶり出すには、もう少し『何か』が必要か）

長兄の自分に従うフリをしながら、外国人の血を引くファルークを蔑んだ目で見ていた弟《ラシッド》。その下の弟であるシャガールの命も狙っているらしいが、中々尻尾《しっぽ》を出さないのだ。

（ふむ……）

ファルークが思考を巡らせている間に、店員がチューハイを持って来た。そしてそのすぐ後、花子がグラスを二つ持って部屋に戻って来たのだった。

＊＊＊

「お待たせしました、少し混んでいて」

週末のカラオケ屋はかなり混んでいて、ソフトドリンクバーも長蛇《ちょうだ》の列だった。ようやくウーロン茶を入れたグラスを手にした花子が部屋に戻ると、すでにチューハイも届いている状態だった。

「……ファルーク?」

視線を動かさず、どこか一点を見つめていたファルークが、花子の呼び掛けにはっと目を見張り、花子の方を見た。

「ああ、ハナコ」

蕩けるような笑みを浮かべたファルークに、花子は内心首を傾げた。

(何だか厳しい顔をしていたみたいだけど)

ぞくりとする程冷酷な瞳をしていた。仕事中でもあんな表情は見たことがないが。

(……あまり突っ込まない方が良さそうね)

ファルークの態度を見ると、そのことに言及《げんきゅう》する気はないのだろう。花子は素知らぬフリをして、元の座席に腰を下ろした。

あまり甘くないレモンサワーをファルークに渡した花子は、柚子《ゆず》サワーを口にした。柚子の香りと風味が口の中に広がる。レモンサワーを飲むファルークも、まんざらではないようだ。

「さ!　勝負しましょう」

コンビニ袋から長方形の箱を取り出した花子は、包装を破りトランプを取り出した。プラスチック製のカードをテーブルの上に広げ、ぐるぐると掻き混ぜる花子を、ファルークは微笑みながら見ている。

「じゃあ、ここからはあなたがトランプを切って下さい」

一つにまとめたカードをファルークに手渡すと、彼は鮮やかな手つきでシャッフルした。カードを二つの山に分ける大きな手を、じっと見つめる。指先は四角くて、爪は短く切り揃《そろ》えられている。節々がしっかりした長い指の動きは滑らかで、見ていると……

「――――――！」

思わず腰を浮かせた花子に、ファルークが片眉を上げた。

「どうした、ハナコ？」

「ななな、何でもありませんっ！」

（ああ、何思い出してるの、私――っ！）

花子が感じるあちこちを撫で、抓み、揉《も》んで、擦って。ファルークの指が触れる度に悶《もだ》えていた自分。彼の指が与えてくれた快楽に、溶けてしまいそうになって。

何とか誤魔化そうと、花子はごくごくと柚子サワーを飲み干した。これくらいのアルコールなら、酔うこともない。

花子が挙動不審《きょどうふしん》になっている様を見ても、ファルークは何も言わなかった。ただ、嬉しそうに微笑むだけだ。

（これはこれで、腹が立つわっ……）

カードを配り終えたファルークは、花子に好きな方の山を選ばせた。ざっとカードを広げ、ペアになったカードを捨てながら、花子はファルークの様子を窺《うかが》う。ファルークもさっさとペアカードを捨てているようだ。

「では、勝負を始めようか。ハナコが勝てば何を望む？」

目の前でゆったりと腰掛けるファルークは、まるで貴族達が遊ぶカジノにいるような雰囲気だ。

「……私はこれ以上、あなたに振り回されたくありません。平穏無事な生活を望みます」

「そうか」

ファルークの青い瞳がきらりと光る。

「では、私が勝てば——この後買い物に付き合ってもらおうか。私一人では買いにくいものでね、ハナコの意見を聞きたいのだ」

「買い物……ですか？」

それなら会社で言ってもいいのでは？　そう思う花子の心を読んだのか、ファルークが「プライベートな買い物だからな。公私混同はしたくない」と言った。

（まあ、それなら）

「分かりました。では始めましょう」

捨てた山から引いたカードの数字の大きかった花子が先攻だ。花子はファルークが持つカードに手を伸ばした。

「……」

「どうした、ハナコ？」

（分からない……）

　勝負は五分五分《ごぶごぶ》だった。花子も鉄仮面を被っていたが、ファルークもにこやかな表情を全く崩さなかった。ジョーカーが花子の手元にある時も、彼の手元にある時も、ファルークの顔からは何も読み取れなかったのだ。

　――そして今。花子の手元にはハートのエースが一枚。ファルークの手元には二枚。これでエースを引けば、花子の勝ちだが。

　いつもは迷わずさっさと引く指が、止まってしまう。どちらのカードを引いたらいいのか、まるで分からない。ファルークはビジネスの場でも決して表情を崩さないが、ここでもその能力が最大限に活《い》かされていた。

「制限時間は何分だったかな、ハナコ？」

「っ、引きますっ」

　一分以内に引かなければ負けが確定。これも決めたことなのに、花子はぎりぎりまで迷っていた。

（ええい、ままよ！）

さっと左側のカードを引いた花子の口元が強張った。踊るジョーカーの図柄が、花子を嗤《わら》っているように見える。

ささっとシャッフルしたカードをファルークの前に出す。花子から見て左側がジョーカーだ。そちらを見ないよう、真っ直ぐにファルークの青い瞳を見つめる。

ファルークは花子の瞳を見た後、二枚のカードを交互に見ていた。彼の人差し指がジョーカーの方に触れる。

（……勝った！）

そう花子が確信した瞬間、ファルークの指は隣のハートのエースを引き抜いていた。

「えっ⁉」

呆然とする花子の前で、ファルークはハートとスペードのエースのペアを捨てる。

「私の勝ちだな、ハナコ？」

花子の手に残ったジョーカーを見ながら、ファルークがにっこりと微笑む。

（まけ……た？）

花子の心に、悔しさが心にじわじわと込み上げてくる。

（くーやーしーいーっ！）

また負けてしまった。今回は素面《しらふ》だし、言い訳もできない『負け』だ。どうあがいても、この男には敵わないのか。

「では、行こうか？　約束通り付き合ってくれるのだろう？」

花子の手からジョーカーを引き抜いたファルークは、手際よくカードを片付ける。

――仕方ない。負けは負けだから。

花子は大きく溜息をついて悔しさを押し殺した後、「分かりました、お供します」と潔く自分の負けを認めたのだった。

＊＊＊

……確かに言った。買い物に付き合うと。

（で、どうしてここに⁉）

ファルークが花子を連れて行ったのは、黒と金を基調とした豪勢な外装の宝石店。タクシーを降りるなり目を白黒させた花子は、ファルークに左肩を抱かれて中に入った。広い店内の中にはガラスケースが並び、あちらこちらでセレブ感を匂わせる客が黒い制服を着た店員と談笑している。普段着の花子の姿は、どう考えても浮いていた。

入り口近くで立っていた女性がファルークを見るなり近付いてきて、丁寧にお辞儀をする。

「ミスター・ファルーク！　お待ちしておりました。ああ、こちらが例の方ですね？」

「ああ、そうだ」

栗色の髪をアップに纏めた女性は、五十代ぐらいだろうか。ファルークを見ても動じず落ち着いた雰囲気の彼女は、花子ににっこりと微笑んだ。

「山田様、ようこそいらっしゃいました。私、宮永《みやなが》と申します。お話は伺っておりますわ、どうぞこちらへ」

「え、は、はい」

宮永と名乗った女性の名札には、店長と書いてあった。彼女に誘導されて店舗の奥へと進む花子に、いや正確には花子の肩を抱いているファルークに店中の女性の視線が突き刺さっている。

「あの、私ジーパン姿ですし、ドレスコードが」

小声でファルークに言うと、彼は気にするなと一笑した。

「私も同じ格好だろう。大丈夫だ」

何を着ていても王者の風格漂うファルークと一緒にしないで欲しい。

（普段着だったら、こういう場所に連れて来られないと思っていたのに）

何もかもが負けている気がしてきた。花子がううんと考え込んでいる間に、二人は十畳程の大きさの応接室に通されていた。

店も豪華だったが、応接室も豪華だった。黒い壁に金の柱という内装の応接室には、大きな絵画《かいが》やギリシャの女神《めがみ》らしき彫像が飾られている。勧められるまま部屋の中央にある革張りのソファに彼と並んで腰を下《お》ろすと、宮永が有名ブランドのカップに淹《い》れた紅茶を運んで来た。

右隣のファルークの体温を感じながら、花子は薫《かお》り高い紅茶を一口飲んだ。濃い琥珀色《こはくいろ》をした紅茶《アールグレー》は香りも味も良く、おそらく高級品なのだろう。銀のトレイに載ったお茶菓子も、綺麗な細工《さいく》がされたチョコレート菓子だった。

「こちらですわ。ミスターのお眼鏡に適うと良いのですが」

宮永が紺色のベルベットが貼られた小箱をテーブルの上に置いた。ファルークがそれを取り上げ、ぱちんと上蓋を開ける。ふむと頷いたファルークが、左手で花子の左手首を掴んだ。

「え」

何事かと目を見張った花子は、左薬指にひんやりとした何かが嵌《はま》るのを感じた。自分の左手を見下ろした花子は、ひゅっと息を吸う。

そこに嵌っていたのは、見たこともない大きさのダイヤモンドの指輪だった。

(何なの、これはっ！)

指よりも幅広い大きさのダイヤモンドはエメラルドカットされており、照明の灯りを受けてきらきらと輝いている。プラチナの指輪部分は、蔦《つた》が絡まったような精緻《せいち》な透かし細工が施《ほどこ》されていた。大きすぎて偽物にしか見えないが、指にずしりとその重みが伝わってくる。

言葉が出ない花子を余所《よそ》に、ファルークと宮永の会話が進む。

「サイズもぴったりのようだ。ハナコの美しい指に良く似合う」

満足そうなファルークの声に、宮永の顔が綻んだ。

「本当に良くお似合いですわ。このサイズでこの透明度のルースは中々ございませんのよ。あまり大き過ぎてもお仕事に差し支えるとのことでしたから、三十カラットに抑えました」

「良い出来だ。カットも加工も素晴らしい」


「……あの」

ようやく花子が口を開く。花子の顔を見たファルークは眉を顰めた。

「どうした、ハナコ？　気に入らないのか？」

「気に入る、とか気に入らない、とかじゃなくてですね……一体これは」

「婚約指輪だ。日本ではダイヤの指輪を贈るのが習慣なのだろう？」

「……は？」

婚約指輪？

ぽかんと口を開けた花子の左手を取ったファルークが、指輪の嵌った薬指の先にキスをした。

「我が婚約者を驚かせようと、黙っていたことが裏目に出たらしい。少し二人きりにさせてもらえるか」

「ええ、どうぞ、ご遠慮なさらず。お話が終わりましたら、お声掛けお願いいたしますね」

分かりましたと言わんばかりの笑顔を浮かべた宮永は、そそくさとその場を立ち去る。花子の頭の中はまだ、混乱状態のままだった。

「こん……やく?」

「そうだ、ハナコ」

左頬に感じるファルークの唇の感触が、やけに生々《なまなま》しい。

(婚約……婚約って……)

——この男と?

(わたし……が?)


「えええええええええええっ⁉」

思わず花子が大声で叫ぶと、ファルークはおやと目を見張った。花子は彼から左手を引っこ抜き、飛び退くように彼の身体から身を離した。

「な、ななな、何言ってるんですか⁉　婚約って!」

ファルークがゆっくりと頷く。

「ハナコのハジメテを貰ったのは私だ。女性のハジメテを受けた栄誉ある男は、その女性を娶《めと》るのが我が一族の掟《おきて》。それに従い、ハナコの婚約指輪を用意したという訳だ」

花子の口元がぴくりと引き攣る。

「そ」

（そんな面倒な掟があるんだったら、あんなことしなかったのにーっ！）

花子は必死に首をぶんぶんと横に振った。

「いえいえ、私は気にしませんから！　黙っていれば誰にも分からないでしょうし！　それにあなたと私とでは釣り合いませんっ！　これはお返ししま」

指輪を抜きかけた花子の右手を、ファルークの褐色の手が押えた。ファルークの口元が三日月型《みかづき》に歪むのが見える。

「ハナコ、これはハナコのものだ。買い物に付き合うという話だっただろう？　買い物が婚約指輪だけだった話だ。気軽に受け取って欲しい」

「気軽に受け取れるサイズでも金額でもないでしょうが、これは⁉」

宝石の値段は分からないが、花子の給料で手に入るものではないことは明白だ。花子の指先よりも大きなサイズのダイヤモンドなど、いったいいくらするのか、考えるのも恐ろしい。

「ダイヤモンドが気に入らないのか？　私もダイヤモンドよりエメラルドが好きだが、日本の通例に合わせたのだ」

「いいえ、そういう問題じゃありません」

花子はひと思いに叫んだ。

「私は平々凡々な人生を歩みたいんです！　あなたの隣じゃ、ジェットコースター並みの人生になりそうじゃないですか！」

ファルークは焦る花子を見ても、何も動じなかった。

「ハナコは自分を卑下《ひげ》し過ぎだ。ハナコはオアシスに咲く野薔薇のように美しく、そして気高い。頭脳明晰《めいせき》で、心も清らかで強い。正に私のきさき――妻に相応しい女性だ」

「うぐっ」

ファルークの褒め言葉が、花子の心に多大なるダメージを喰らわせる。真面目に口説かれると心臓が痛くて堪らなくなってしまう。俯いた花子にファルークはそっと囁いた。

「ハナコがどうしても嫌だ、というなら……三ヶ月だけという期限を付けよう」

（三ヶ月？）

ぱっと花子が顔を上げると、ファルークの顔がすぐ目の前に迫っていた。真剣な眼差しに心がふらりと揺れてしまいそうになる。

（心臓に悪いわ、この顔っ……！）

金髪と青い瞳と褐色の肌という、華やかな色彩。ファラオの黄金《おうごん》のマスク並みの彫の深さ。きりと結ばれた唇さえ、色っぽく感じてしまう。

「実は私の妻の座を狙い、良からぬ動きをしている者がいるらしい」

「えっ⁉」

良からぬ動きって。花子がファルークを見つめると、彼は小さく頷いた。

「私の妻になれば、莫大《ばくだい》な財産と称号が手に入る。それを狙う女性達は多かったのだが、どうやら黒幕がいたらしくてな、その者を捕らえるのにこの婚約はちょうど良いのだ」

花子は眉を顰めた。

「……偽装《ぎそう》婚約ってことですか？」

つまり花子がファルークの婚約者として登場すれば、黒幕とやらが焦って何かをしでかす可能性が高い、そこを狙って捕まえる……そういうつもりなのだろうか。

「ハナコが望むなら」

花子はうむむと考え込んだ。

（この人の貞操の危機（？）の回避に協力してくれ、ということ？）

確かにファルークは常日頃から女性達に追い掛け回されている。会社でも彼女達を追い払うのに一苦労している有様だ。だったら。

「……そのうちの誰かと婚約すればいいのでは？」

花子の頭の中に浮かんだのは、ファルークと同じ肌の色をした妖艶な美女。あの華やかなマルジャーナなら、ファルークの血筋でもあるし、彼の隣に立っても遜色《そんしょく》ない。妻としても相応しいと周囲も認めるのではないだろうか――自分とは違って。

（あれ？）

胸の奥がちりと痛む。花子が右手を胸に当てると、その手をファルークの右手がそっと包み込んだ。

「彼女達ではなく、ハナコに婚約者になって欲しいのだ。私が愛おしく思うのは、ハナコだけなのだから」

「うぐっ……！」

こんな至近距離で、甘く低い声で囁かれて……花子が無事な訳はなかった。体温は一気に上昇しているし、心臓も破裂しそうだ。思考回路も白煙を上げてショートし始める。

「ハナコ」

ファルークの唇が花子の唇に重なろうとした瞬間、花子は慌てて距離を取った。

「わ、わ、分かりました！　三ヶ月間婚約者として勤めさせていただきますっ！」

（あ、しまった！）

うっかりそう叫んでしまった花子は口を両手で押さえたが、後の祭りだった。ファルークは花子の返事を聞き、にこっと嬉しそうに笑っている。

「ありがとう、ハナコ」

その笑顔にとどめを刺された花子は、ううぅと胸を押さえて崩れ落ちてしまったのだった。

＊＊＊

——確かに言った。三ヶ月間婚約者のフリをすると。

(で、どうしてここに⁉)

あんぐり口を開けた花子をエスコートしながら、ファルークがリビングに繋がるドアを開ける。広々とした豪華なリビングに通された花子は、しっかり自分の左肩を抱くファルークに向き直った。

「ちょっと待って下さいっ！」

「気に入らないのか？　余っている客室もあるし、ここからなら会社も近いが」

ん？　と首を傾げるファルークに、花子はそうじゃないと叫ぶ。

「そうじゃなくて！　どうして私があなたの家に住まなきゃいけないんですかっ！」

ぜいぜいと息を荒げる花子に、ファルークは涼しい目をして言った。

「私の妻の座を狙うフトドキモノがいると言っただろう。その者達は、私が婚約したと知れば
——どうすると思う？」

花子が真顔になる。ファルークの周囲にいる女性達にとって、彼の婚約者は目の上のたんこぶ以外の何物でもないだろう。

（つまり、私も狙われるってこと？）

「ここなら、セキュリティもしっかりしている。警護の者もいるし、ハナコも安全に暮らせるだろう」

「……」

何だか、外堀を埋められているような気がする。ファルークの言葉はもっともなのだが、何となく納得できない。

「それに」

ファルークがまたにっこりと微笑んだ。

「ハナコが私に勝ちたいなら、この三ヶ月間の間いつでも勝負に応じよう。負けたままでは嫌なのだろう？」

「くっ……！」

勝者の余裕っぷりが憎らしい。完全に乗せられていると分かってはいても、このまま言いなりになるのは、癪に障る。

「こ、このままなし崩しにっていうのは嫌です！　きちんと準備をしてからでなければ」

「――なら」

ファルークの笑顔が、五割増しに輝いて見えた。

「今からハナコの家に行こう。荷物をまとめて運ぶのを手伝う」

（ああああああ！　家に入れるつもりはなかったのに！）

花子は思わず頭を抱える。だめだ、何を言ってもやっても、この男のいいようにされてる……！

『花子ってチョロイわよね』

かおりの呆れた声が聞こえた気がした。


ファルークは素早かった。あっという間に車を手配し、あっという間に花子を連れて彼女の家まで来た。『山田』の文字が消えかけたコンクリートの門柱を通り抜けた花子は、見慣れた古い平屋を見上げる。花子の隣にいるファルークが、おやと片眉を上げた。

「ここは祖父と祖母が暮らしていた家なんです。二人が亡くなった後、私が一人で暮らしてます」

玄関の引き戸をドアに変えた以外は元のままの家だ。鍵を開けた花子は狭い玄関にファルークを通した。ファルークの脱いだ黒い革靴がやたらと大きく見える。

「こちらです」

玄関から細い廊下を挟んで、左側がキッチンとリビング、右側に六畳間が二部屋。廊下の突き当りがトイレと風呂場という、昔の家だ。

花子がふすまを開けて部屋に入り、続いてファルークも足を踏み入れた。入り口から見て右手に押し入れ、真正面に縁側付きの掃き出し窓、左手に小さな机と和箪笥《わだんす》、クローゼットが並んで置いてある。押入れから黒いキャリーケースを取り出した花子は、次々と衣類を詰めていく。ファルークは物珍し気に部屋の中を見回していた。

彼の視線が一点に止まる。すっと机の前に移動したファルークは、机の上に置いてあった写真立てを手に取った。

「……ハナコ、これは？」

座っていた花子は、立っているファルークを見上げる。

「それは、亡くなった祖父と小さい頃の私です」

カウボーイハットを被り、作業着を着た祖父と、眼鏡を掛け、おさげ頭の小学生の花子。祖父の太郎は日に焼けて真っ黒の顔で豪快に笑い、花子もそんな祖父の前で楽しそうに笑っている。写真に写っている庭は、この家の庭だ。

「祖父は海外を飛び回っていて、日本に戻って来ると色々な話をしてくれました。私は祖父の話が大好きで、いつももっと話してとせがんでいました」

あんなに頑強だった祖父も、祖母を失くした後は生きる目的を失ったかのようで。

「私が中学生になる前に祖父は亡くなりました。しばらく空き家だったんですが、大学生の頃からここに住み始めたんです」

古くて小さい家だが、花子にとっては思い出の詰まった大切な場所。にこにこ笑いながら料理をする祖母の姿や、庭の手入れをする祖父の姿も、未《いま》だに目に浮かぶぐらいだ。

「そうか。……小さなハナコも愛らしいな」

そう言って笑うファルークから写真立てを受け取った花子は、それも折り畳んでバッグの中に仕舞った。

（そう言えば）

祖父の口癖を思い出した花子がくすりと笑う。

「祖父はよく言ってました。いつか王子様が迎えに来るかもしれないと」

今、正にアラブの王子様な人が隣にいる。このことだったのかも、と花子は苦笑した。

「ほう」

ファルークもにやりと笑った。

「何でも若い頃、海外支援をしている時に、そこのお偉方に気に入られたとかで。第二夫人や馬や土地をやると言われたらしいのですが、断ったと。その代わりに子ども達を娶せよう、と半ば強制的に大きな石を渡されて約束させられたって聞きました」

お礼を受け取らないことは侮辱《ぶじょく》になるらしく、祖父が石を受け取り約束するまで相手は全く引かなかった――と苦笑交じりに言っていた。

「だから、その方の子どもか孫が来るかもしれないと言われたんです。まあ、祖父が日本に戻ってからは遠すぎて交流もなかったようですが」

「どんな石を貰ったんだ？」

ファルークが唇を引き締めた。

「私の拳大位の大きさでエメラルドカットの——透明な緑色の石です。中にひびみたいなのが入っていて、宝石にしては大きすぎるし、多分綺麗なガラス細工か何かなんでしょうね。祖母が帯留めに加工して使っていました」

ファルークが右手で顎を擦る。

「オビドメというと……ハナコもキモノを着るのか？」

「ええ、祖母から振袖《ふりそで》や訪問着も貰いましたし、着付けも習いました。最近は着る機会もないのですけれど」

蜜《ファルーク》に群がる蝶々《女性》を追い払う仕事まで追加され、更に忙しくなった花子には、着物姿でお茶やお花を嗜む時間もない。それもこれも、目の前に立つこの男のせいではないか。何となく腹が立ってきた。

「ハナコ、キモノも持って来てくれ。今度パーティーに出る時にキモノ姿になって欲しい」

「はい、分かりました」

祖母の着物は古いが上質で、伝統的な柄のものが多い。今着ても見《み》劣《おと》りはしないだろう。

（おばあちゃんの着物の方が、あんな派手なドレスよりしっくりするわよね）

花子は立ち上がって和箪笥からたとう紙に包まれた着物を選び、帯や小物も取り出した。ファルークは花子が選ぶ着物を見ながら呟く。

「さっき言っていた緑石のオビドメも入れて欲しい。ハナコに似合いそうだ」

（そう言えば、ダイヤよりもエメラルドが好きだって言ってたっけ）

「緑色がお好きなんですか？」

ファルークの要望通り、祖母の帯留めの入った小箱を手に取る。蓋を開けると、紺色のビロードの上に輝く緑色の石があった。石の周囲はシンプルな銀の枠で留められている。ファルークに帯留めを見せると、彼はじっと見つめた後、静かに頷いた。

「砂漠の民《たみ》は水や緑に憧れる。それは魂《たましい》に刷り込まれた飢えなのかもしれないな。だから透明なダイヤよりも、緑のエメラルドに惹かれるのだ」

顎を上げたファルークの横顔は。思わず見惚れる程綺麗だった。青い瞳に宿る光にも、高い鼻から結ばれた唇に至る輪郭《りんかく》にも、彼の意志の強さが感じられる。

砂漠で三日月刀《シャムシール》を振るい、敵を倒していくシーク。その姿が目に浮かんだ。

「……」

（何だか、胸がもやっとする……）

今のファルークは、花子にちょっかいを出している軽い男とも違う。堂々としていて、力強くて――そう、花子が想像する王そのものなのだ。

からない。

（やっぱり掴みどころがない）

ビジネスマンとしての顔も、プレイボーイとしての顔も、王者としての顔も、どれもがファルーク＝スレイマンという男の一面だ。だけど、この男の本質はどこにあるのか、さっぱり分からない。

パチンと蓋を締めた花子は、小箱をキャリーケースに仕舞い込む。

「もうこれで終わりました」

考え事をしながらも手を動かしていた甲斐《かい》があって、荷物もほとんど詰め終わっていた。花子はケースの留め金を掛けて立ち上がり、ファルークに向き合う。ファルークは両手を広げて大袈裟に笑った。

「さすがは、ハナコだ。仕事が早い」

（自分を差し置いて何言ってるの、この人は）

いつの間にやら宝石店に連れていかれ、そしていつの間にやら花子の家まで来ている。結局いつも主導権を握るのはファルークだ。

悔しさにじと目でファルークを睨むと、彼はからからと笑ったのだった。

——あっという間にファルークの家に居候《いそうろう》する花子の図ができあがった。そして今、花子はだだっ広い豪勢なリビングで、黒い革張りのソファに彼と並んで座り、薫り高いコーヒーを飲んでいる羽目に陥《おちい》っている。

　花子は自分が右手に持っているティーカップをまじまじと見た。ティーカップの取っ手は金色、白いボディ部分には駆ける馬の姿が、そしてテーブルの上のソーサーにも青を基調とした複雑な模様が描かれている。コーヒーもファルークが手際よく淹れてくれたものだ。

（……こんな高級なティーカップ普段使いにしてるって……やっぱり違う世界の人よね）

左薬指に輝くダイヤもあまりに現実離れした大きさで、ガラス玉じゃないかと思ってしまう。右隣のファルークを盗み見ると、彼は何も気にする様子もなくコーヒーを楽しんでいた。上着を脱いだファルークはセーターにジーンズという普段着姿だが、これだって高級品に違いない。

　何となく胸の奥が痛んだ花子は一口コーヒーを口に含んだ。爽やかな苦みが舌を刺激し、香ばしい香りが鼻へと抜けていく。

「ハナコの荷物はあれだけでいいのか？」

ファルークがティーカップを置いて花子に尋ねてきた。花子もカップを置き、ファルークの方に顔を向ける。

「ええ、当面の着替えと化粧品、あと貴重品は持って来ましたから」

「ハナコの着物姿も是非見てみたい。さぞや美しいのだろうな」

ファルークの瞳に宿る熱に、花子は気付かないフリをする。

「……普通ですよ、普通」

このすらすらお世辞が出てくるところが、女慣れしている証拠だと思っていても、心のどこかで喜んでいる自分もいる。悔しいが。

(私……こんなに弱くて情けなかったかしら)

鋼鉄の女だと周囲も自分も認めていたのに。ファルークはいとも容易《たやす》く、花子のバリケードを壊してしまう。だからこそ、彼との勝負にこだわってしまうのかもしれない。

この人《ファルーク》に勝てたら、そうしたら……

「……ハナコ？　どうした？」

訝《いぶか》し気なファルークの声に、花子は「何でもありません」と首を横に振り、少し冷めたコーヒーを一気に飲み干した。

「ご馳走様でした。では、私は部屋の片づけをします……ふがっ!?」

油断していた花子の顔は、あっという間に広い胸に埋められている。

「ハナコ」

耳元で囁く甘さが滲《にじ》む声に、花子の身体が硬直した。逞しい腕に強く抱き締められ、居心地が悪くて仕方がない。

「ハナコが私に勝つことなど、至極簡単なのだが」

「えっ」

花子が息を呑んで顔を上げると、ファルークの顔がすぐ傍にあった。淫らな熱の籠ったファルークの瞳がはっきり見えて、かっと体温が一気に上がる。

「あの夜、ハナコはハジメテだというのに――私は我を忘れてしまいそうになった。あまりに気持ちが良くて、ハナコを気遣う余裕もないぐらいだった」

「っ！」

心臓がどくんと跳ねた。意識しないようにと閉じ込めていた甘い記憶が、心の蓋を開けて外に漏れそうになる。

「そ、そんなこと、は。だってあなたは、十分……」

確かに痛みもあったけれど、そんなことはすぐに消え去ってしまったぐらい、気持ちが良くて――

（何を言おうとしてたの、私～っ！）

慌てて口をつぐんだ花子の耳に、ファルークの蠱惑的な声が注ぎ込まれた。

「あの夜、ハナコは何度もイッただろう？　私も我慢に我慢を重ねて、ハナコがイッてから手放したのだが」

何を手放したのか、聞きたくない。身体の奥が熱くなってきて堪らないなんて、知られたくない。ファルークから身体を離そうと、腰を動かした花子だが、ファルークの腕はぴくりとも動かなかった。

ファルークの唇が花子の唇を掠《かす》める。思わず開いた花子の唇を、彼の舌がぺろりと舐めた。

「私を先にイかせたら、ハナコの勝ち――ハナコが先にイッたら私の勝ち、でどうだ？」

「は、あ⁉」

ぴきっと花子のこめかみに筋が立つ。

(先にイかせたら……って、何言ってるの、この男はーっ！)

「何言ってるんですかっ！　そんな勝負なんて、真っ平ごめんですっ！」

両手でファルークの胸板をぐいぐい押す花子に、ファルークはやれやれと首を振った。

「残念だな。ハナコが勝てそうな勝負を提案したつもりだったのだが」

「う」

ファルークを押す手が止まる。

勝負に勝てたら……ファルークに勝てたら。そうしたら、少しは私も……

(だめだめだめ！　絶対に乗せられちゃだめ！)

「そんなの、勝負になんてなりませんっ！　だってあなたは！」

地味女の自分とは違って、沢山の煌びやかな女性と連れ立ってて、経験だって豊富で――

「ふにゃっ⁉」

急に頬を引っ張られた花子は、変な声を出してしまう。

「ハナコの肌は柔らかいな。手に吸い付いてくる」

花子の頬から離した右手を見ながらファルークが呟いた。

「ハナコが何を考えているのか、おおよその想像はつくが……私はなりふり構わず女性に手を出したりはしない。何もせずとも、向こうから寄ってくるのだ」

そりゃ、美形の石油王ならそうでしょうとも。

「でしょうね」

花子の即答に、ファルークが苦笑いを浮かべる。

「女性と付き合ったことなどない、と言えば嘘《うそ》になる。私も健康な欲望を持つ男だからな、互いの立場を了承の上で関係を持ったこともある」

花子はすっと目を細めた。彼女を取り巻く空気に冷気が混ざる。

(何人いたのよ、一体)

「互いの立場、をねえ……」

ファルークの大きな左手が花子の強張った頬を撫でる。

「彼女達は私の財産や地位目当てで、私自身はどうでもよいのだ。彼女達の気持ちを弄《もてあそ》ぶような、不誠実なことはしていないと神に誓おう」

花子は左薬指に嵌《は》められた、とんでもない大きさのダイヤにちらと視線を落とした。

「……そりゃ、こんなの配っていれば文句は出ないでしょう」

逞しい身体付きは女性の憧れだろうし、輝く金髪も長いまつ毛に彩られた青い瞳も褐色の肌も、アラビアンロマンスヒーローそのものの容姿だ。そんなファルークと恋人同士になり、高価なプレゼントも貰えればお釣りがくる、ぐらいの女性は何人でもいそうな気がする。

「ハナコ」

「え、んくっ……んんっ！」

唐突に唇を塞がれた花子の反応は一瞬遅かった。僅かな隙間から口内に入り込んだ舌が、歯茎を舐め回してから、舌を捉えた。

「んんんんっ……！」

後頭部をがっちり掴まれていて、頭を動かせない。舌を吸われて、花子の身体に痺れが走った。

（く、るしっ……！）

息をつく暇もない程、ファルークの動きは性急だった。強く擦り合わされた唇からも、絡め捕られた舌からも、熱さとぞくぞくするような快感しか感じられない。

「は、ふ、んんんっ」

花子を襲ったのは、恐怖に似た期待。彼に抑え込まれた身体は、嬉々《きき》としてファルークに従おうとしている。自分の身体なのに、自分の言うことを聞かない。

怖い。底なし沼で溺れるような感覚なのに……身体に絡みついてくるのはあの時の感覚——

熱くて甘くて苦しくて……そして淫らな。

「ぷはっ……！　はあっはあ」

ファルークの唇が離れた瞬間、花子は大きく息を吸った。ファルークの指がずれてしまった眼鏡を指が取り去る。熱くなった左頬にファルークの唇が移り、続けて耳たぶをかぷりと噛まれる。

「ハナコ。私から愛を乞うのは、ハナコがハジメテだ」

「っ……！」

耳に注ぎ込まれる甘い毒が、花子の身体の奥にじわじわと染み込んでくる。

「ハナコは仕事熱心で真面目で、素晴らしい秘書だ。だが同時に、美しい女性でもある。艶やかな黒髪も、張りのある滑らかな肌も、猫のような瞳も、口付けを待っているかのような唇も、そのどれもが愛おしい」

ファルークの右手が花子の左手を取り、ダイヤの指輪にキスを落とす。

「この指に指輪を嵌めたのも、ハナコだけだ。もちろん、ケッコンを申し込んだのも」

「っ、で、すが」

（どうして？　どうして私なの⁉）

ファルークのプロポーズなら、もっと華やかで才気あふれる美女だって頷くはずだ。こんな地味で仕事しか取り柄《え》のない、可愛げのない女とは違う女性が。

花子の表情から想いを読み取ったのか、ファルークがふうと溜息をつく。

「ハナコは自分の魅力を分かっていないいな。私がこんなにも振り回されている女性は、ハナコしかいないのに」

「――っ……！」

体温が一気に上がった。頬も真っ赤に染まっているに違いない。どくんどくんと音を立てて動く心臓に合わせるように、身体の奥の疼きが高まってくる。

花子を真っ直ぐに見つめるファルークの瞳には、揶揄うような色はない。青の瞳の中に、燃え盛る炎の色が映っていた。

「ハナコが本気になれば、私を手玉に取ることなど簡単だぞ？ ハナコの甘い唇は上質のワインよりも私を酔わせるし、その細い指が触れる度に、私の心臓は射抜かれそうになっている。快楽に身を任せて甘く悶えるハナコも可愛らしいが、いつものツンと澄ましているハナコにもそそられる」

ファルークの右手が花子の顎を上げた。眼鏡がなくても見える至近距離の彼から香るいい匂いに、ふらっと気が遠くなりそうになる。

（いつもの私もいいってどういうことよっ⁉ あんな態度なのに⁉）

自分がファルークに対して、警戒心剥き出しの対応をしていることは分かっている。なのに、そんな花子がいいと言っているのだ、この男は。

「私の言うことが信じられない──そんな顔だな。ハナコの瞳には私への疑いが浮かんでいる」

ふっと目を伏せたファルークに、ずきりと胸が痛む。

「だ、って！　あなたみたいな人が私をなんて、それこそ信じられない……！」

世界中の美女をいいなりにできるのに。マルジャーナみたいな女性が似合うのに。地味なのを分かっていなくて騙されて、男なんてもうこりごりと思ってる私を、なんて。

(どうして、私がいいのよ⁉)

「だから、信じられるようにしてみないか？」

ファルークの声が尾《び》てい骨《こつ》まで響く。低くて甘い響きの、花子の心を惑わす声が、身体中に甘い疼きを呼び起こした。

「私がどれほどハナコに弱いか……見てみたいだろう？」

悪魔の囁きだ。頷いたら最後、甘く熱い闇に堕《お》とされてしまう。

(分かってるのに)

分かっているのに、花子の身体はぴくりとも動かなかった。ファルークの瞳に、声に縛られて身動きできない。

「ハナコ……」

ファルークの声に懇願の響きが混ざった。彼の瞳の色が深くなる。

「私はハナコに触れてもらいたい。ハナコの指で唇でそして身体で、私を貪《むさぼ》って欲しいのだ」

「私、が」

この人を貪る……？　極上の獣のように美しいこの人を？

花子の心の底から浮かび上がってきたのは、紛れもなく歓喜、で。

（あ……だ、めっ……）

どくどくと全身の血管が脈打つ。抑えようとしても抑えられない熱が、花子の身体を支配し始めた。

ごくんと生唾《なまつば》を呑み込んだ花子は、ゆっくりと口を開ける。

「私、が、あなた、を？」

「ああ。ハナコが望むなら、私の両手首を縛ってもいい。ハナコの好きなように私を触って——イかせて欲しい」

花子の前に、両手首を前で縛られて、ベッドに横たわるファルークが見えた。金の髪が白いシーツの上に広がり、逞しい褐色の身体がシーツと見事なコントラストを描いている。広い胸板に割れた腹筋、逞しい腕に太腿、そしてそそり立つ……

「！！！！」

（から、だが、熱、い……）

花子の奥で生まれた情欲の炎は、あっという間に花子の理性を燃やし尽くした。

――触れたい。滑らかな肌に、引き締まった唇に、そして硬く熱く大きくなった、彼に……触れたい。

「私、がイかせたら、私の勝ち、なの……？」

熱に浮かされた花子の口から漏れるのは、勝負に応じる言葉だった。ファルークは一瞬目を見開いた後、開いた花子の下唇を舐める。

「そうだ、ハナコ。私を従えてみないか？　私は喜んでハナコの下僕となろう」

ファルークの声に、瞳に、匂いに、体温に――逆らうことが、できない。花子はゆっくりと右手を上げ、彼の左頬に当てた。男らしい顔の輪郭を指でなぞると、ぞくぞくするような悦びが身体の中を駆け抜けていく。

「あなたを、私の――モノに、したい」

そう、マルジャーナでもなく、ファルークを狙っている女性達でもなく、この私が。

花子が掠れた声でそう呟くと、ファルークは彼女の身体を更に強く抱き締めたのだった。

その4．イかせたら勝ち？

ファルークの寝室は、濃いブルー地に金の唐草模様が浮き出た壁紙が張られた、六畳間二つ分は優にありそうな大きさの部屋で――真ん中にキングサイズのベッドが置かれていた。シーツの白さが壁紙に映え、より一層白く見える。

「どうした、ハナコ？　ハナコの好きにしていいんだぞ」

「そ、そう、ですが」

先にシャワーを浴びたファルークが、一糸《いっし》まとわぬ姿でベッドの上に足を投げ出して座っていた。申し訳程度に腰の辺りに掛けられた白い上掛けでは、彼の逞しさを隠し切れていない。

ファルークの後でシャワーを浴びた花子は、白いバスローブを身に付け、蠱惑的な笑みを浮かべるファルークと対峙《たいじ》していた。まだ完全に乾いていない髪は、下ろしたままだ。

（どど、ど、これからどうしたらいいの⁉）

熱に浮かされて、とんでもないことを言ってしまった。と後悔しても遅い。花子は恐る恐るベッドに近付き、腰を下ろした。

改めてファルークを見ると、花子が妄想した通り、褐色の肌と白いシーツが絶妙なコントラストになっている。盛り上がっている胸板も、引き締まった腹筋も、隠された腰から伸びる太腿の筋肉も、野生の獣のように美しかった。

「ハナコ」

ファルークに声を掛けられた花子はぴくんと身体を揺らし、きゅっと唇を結んでベッドに上がる。ベッドのスプリングが沈み、ファルークの身体が少し揺れた。

ファルークは両手を広げ、さあどうぞと言わんばかりに花子を見つめている。濡れた金髪の間から見える青の瞳は、ぎらぎらと煮《に》え滾《たぎ》るマグマのように熱かった。

「で、では、よろしくお願いいたします」

三つ指をついて頭を下げた花子は、ファルークの太腿の間に膝をつく。そっと右手を伸ばして、ファルークの胸筋に手のひらを当て、円を描くように擦ってみた。

「っ、」

くすぐったいのか、ファルークが少し身体を捩《よじ》らせる。

まだ平らな状態の乳首を、指先でかりかりと引っ掻いてみる。ファルークが目を閉じ、ベッドヘッドに背を預けた。彼の口から漏れる息が、熱くなっているのは気のせいだろうか。猫の毛並みを撫でるように、両手でファルークの胸筋を撫で回す。筋肉の筋に合わせて指を動かし、指先から感じる肌の熱さを堪能した。

「こ、こんな感じで、どうでしょうか」

「ああ。……気持ちがいい」

目を閉じたファルークの顔を、花子はまじまじと見つめた。少しだけ紅潮《こうちょう》した頬にまつ毛が影を落としている。薄っすらと開いた唇に、花子は思わず右手を伸ばした。

唇を人差し指でなぞる。濡れた感触に花子が肌を震わせると、ファルークは花子の人指し指を唇で咥えた。

「っ、きゃっ⁉」

咥えられた人差し指をしゃぶられた花子は、さっと指を引いた。ファルークは目を開け、彼の唾液で濡れた指を見て笑った。

「ハナコは指先まで甘いな。ずっと舐めていられそうだ」

長くて、厚みのあるファルークの舌を見ているだけで、ずくりと下腹部が疼いてくる。

「も、もう！　私があなたを攻めるんですから、じっとして下さいっ！」

「分かった。……だが、ハナコがあまりに可愛らしいと、手を出さない自信はないな」

ファルークの身体から立ち上る匂いが濃くなった。すぐ近くにいるだけで、彼の匂いが自分の肌に移りそうだ。

（た、多分こうすればいい……はず）

いくら花子が魔女候補《処女》だったとはいえ、多少の知識はある。それに、ファルークにされたことをやり返せばいいのだから。花子は、顔をファルークの胸に近付ける。

「んっ、は」

ぺろりと彼の左乳首を舐めると、ファルークが背筋を伸ばした。茶色の乳輪をなぞるように舐めた花子は、思い切って乳輪ごと唇に押し当てる。

花子が舌をぎこちなく動かすと、ファルークの唇から熱い吐息が漏れた。目を瞑り、唇を半開きにしているファルークの姿に、花子の身体はますます熱くなる。

この美しい男を支配しているのは、私――

仄暗《ほのぐら》い満足感にぞくぞくと背筋が震えた。

ちゅ、と軽いキスをファルークの肌のあちこちに落とす。鎖骨に沿って舌を動かし、太い首筋を舐め上げた。両手でも胸板を撫で、乳首を抓み、盛り上がった筋肉の張り具合を楽しむ。

左手が動く度に、薬指のダイヤがきらりと煌めく。仕事の邪魔にならないようにと平らなエメラルドカットにした甲斐（？）があったのか、ダイヤで褐色の肌を傷付けることもない。

「っ、ハナコは焦らすのが上手いな。どこでこんなことを覚えたんだ？」

ファルークが目を開け、右乳首を舐める花子を見下ろす。上目遣いに彼を見上げた花子は、ファルークの顔に抑えきれない欲望が浮かんでるのを見た。

「あなた以外にいると思ってるの？」

かぷりと彼の右肩に噛み付く。塩味のする肌に、自分の歯型が薄く付いた。それだけで、太腿の間の秘められた場所から、熱い蜜が滲み出る。

（あ……）

先端がとっくに硬くなった乳房をファルークの胸板に擦り合わせると、上掛けの下からでも分かる刺激的な硬さがお腹の辺りに当たった。

「そろそろ、コレを触ってくれないか」

ファルークが右手で上掛けを外す。天井を突き破るかの勢いでそそり立つ、ファルークのソレから目が離せなくなる。

先端が赤黒く染まったソレは、まるで別の生き物のように見えた。大きく開いた傘の部分は、柔らかそうなのに、そこから伸びる軸の部分は筋が浮き上がり、硬く膨張しているのが分かる。

（こんなに大きくて長いのが、私に挿入《はい》ってたの……？）

ごくん。

花子の喉ぼとけが動いた。花子は少し身を引いて腰をファルークの太腿の間に下ろし、ゆっくりと右手をソレに向かって伸ばす。

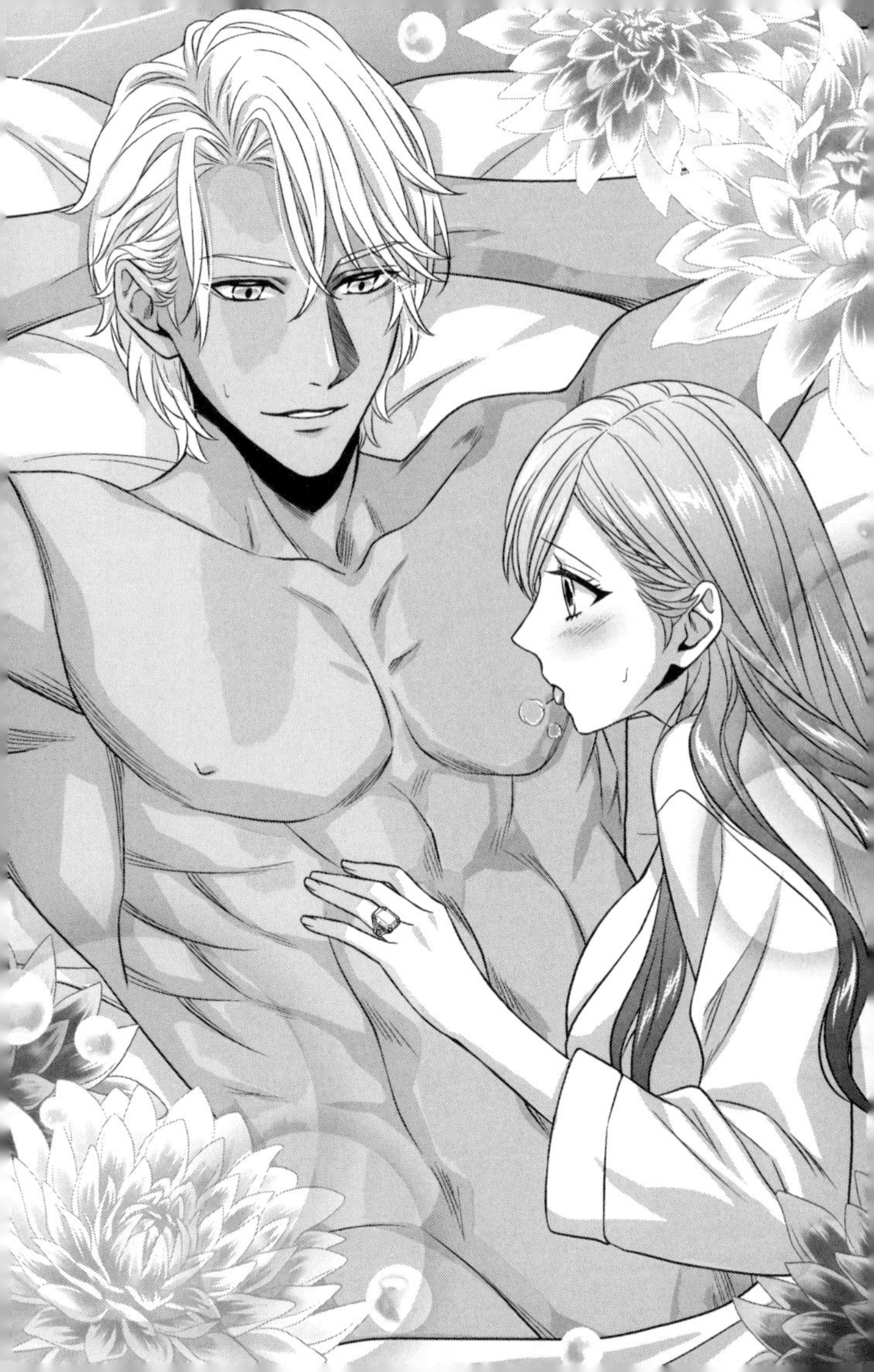

恐る恐る先端部分に指で触れると、ファルークの身体がびくんと大きく揺れた。

「根元の辺りを手で軽く握って、上下に擦り上げるように動かしてくれないか」

彼の声は情欲に掠れている。花子は彼の言葉通り、指先を傘から下へと下ろし、根元のすぐ上を軽く握った。熱い肉の塊は、人差し指の先が親指に届かないぐらいの太さがある。

「っ、ハナコが触れただけでイッてしまいそうだ」

苦悩にも似た表情を浮かべるファルークが、熱い息を吐く。紅潮したファルークの顔を見る花子の頬も、高熱が出た時のように熱く火照《ほて》っていた。

「こ、うで、いいの……?」

指で作った不完全な輪を下から上へと動かす。傘の下に筒を覆う皮を集めた後、今度は逆に皮を伸ばしながら下へと動かした。右手の中で、びくびくと脈打つファルーク自身は、一層硬く大きくなっている。

「ああ……そうだ」

（熱い……）

擦る手に感じる熱さは、花子の身体の奥で燃えている炎と同じくらい熱い。ふと先端を見ると、窪《くぼ》みのところに透明な蜜が溜まっていることに気が付いた。

花子は髪を耳に掛けて背中の方へと流し、ゆっくりと顔を先端に近付ける。膨れている先端に唇を当てると、ファルークの口から唸り声が漏れた。

「ハナコ……っ！」

切なさと懇願が入り混じった声がする。花子は舌で先端の蜜を舐めた。熱さに触れた舌から、痺れるような感覚が伝わってくる。ファルークの体温が上がり、雄の匂いが一層濃く纏わり付いてきた。

身体を覆っているバスローブが煩わしくなる。こんなものを脱ぎ捨てて、直接熱い肌に自分の肌を重ねたい。花子の身体の中で欲望がうねり、肌が燃えてしまいそうなぐらい熱くなった。

（今度はこう……）

くっきりと浮かび上がった筋に沿って、舌を動かす。ファルークが洗い息を吐く度に、何故かびりびりと舌が痺れる。彼が感じているのを、花子の舌も感じているらしい。

（あ……）

太腿の間から、とろりと熱い何かが流れ出た。疼く身体の奥にファルークを直接感じたい。肌がじりじりと焦げ付くように熱くなった。

「――っ！」

花子が唇で先端を咥えると、ファルークの身体がびくっと動く。

「そうだ、ハナコ……そのまま奥まで咥え込んでくれ」

唇を熱い塊に押し付けながら、花子はゆっくりとソレを咥え込んだ。口の中一杯になるまで咥えても、まだ先の方しか入っていない。喉の奥に先端が当たりそうになり、花子は思わず呻いてしまう。

（大きくて……太い）

扱くように唇を上下に動かす。ますます大きく膨れ上がった彼自身は、それ自体が生きているかのようにびくびくと動いていた。彼の匂いが口の中から鼻へと広がっていく。

根元を右手で持っていた花子は、口の動きに合わせて右手に力を入れたり、動かしたりしてみた。目を瞑ったファルークの唇が半開きになり、彼の肌は薄っすらと汗ばんでいる。

花子の全身の血管がどくどくと脈打った。このまま彼をイかせたら、どんなに——

「ああ、もう限界だ」

「んくっ、はあっ」

花子の口から欲望を引き抜いたファルークは、さっと花子をベッドに押し倒した。バスローブのベルトを解き、花子の身体から白い布を取り去る。すでに上気した花子の肌が露わになった。

「もうこんなに尖らせているのか」

「あああんっ！」

つんと尖った左の乳首が、乳輪ごとファルークに食べられた。花子は身を仰け反らせ、彼の熱い身体に手を這わせた。

頭を起こしたファルークはベッドサイドに右手を伸ばし、四角いパッケージを手に取った。

口で咥えてパッケージを開けた後、ファルークがそそり立つ欲望に薄い膜を被せていく。その様子を見ていると、一層身体の奥が熱く燃え上がった。

準備が済んだファルークは、花子の太腿を左右に開かせ、濡れた蜜壺に彼自身を一気に突き立てた。

「あああああああーっ！」

どんと大きな衝撃と共に、ふわりと身体ごと浮かび上がった感覚がする。脚の先がぴんと張り、空を蹴った。

熱い塊で一杯になったナカは、きゅうきゅうと収縮してファルークを奥へと誘《いざな》う。

花子の膝裏に手を掛け、脚を曲げさせたファルークは、最奥に当たっている先端で、花子の弱い箇所をぐりぐりと押した。

「んっ、あ、ああっ」

軽くイったばかりなのに、また快楽の波が花子の身体を押し上げる。首を横に振る花子の首元に、ファルークが軽く噛み付いた。

「まだキツイな。……早く私の形に馴染むといい」

ファルークの腰の動きが速くなり、激しく奥を突いてくる。かと思うと、緩慢な動きになり、じっくりと蜜壺のナカを擦る。そのどちらも、一瞬気が遠くなる程気持ちが良くて、花子はただ揺さぶられるままとなっていた。

「あっ、あああっ、あんっ……あああん」

ファルークを攻めていたのは自分だったのに。今は褐色の身体に組み敷かれ、甘い悲鳴を上げながら攻められている。でもそれが、堪らなく気持ちがいい。

（熱い……熱くて、蕩けそう……）

「は、あ、あっ……ああ、や、はあ、んっ……」

花子は両足をファルークの腰の上に上げた。ファルークの腰の動きに合わせて、胸の頂が揺れる。その柔肉がファルークの左手に掴まれた。彼の右手は結合部に伸び、剥き出しになった花芽が親指の腹ではじかれる。

「ああああっ、や、ああんっ……っ！」

ばちばちと火花が散る。最奥を突かれる快感と乳首を抓まれる快感、そして花芽を弄られる快感。それら全てが合わさって、大きなうねりとなって花子を襲った。

「あ、あ、ああっ……くるっ……！　あああああああっ！」

身体の奥に溜まった熱さが一気に限界を超え、花子は背中を仰け反らせた。襞が一気に締まり、ファルークの欲望を搾《しぼ》り取ろうとする。

「ハナコ……っ！」

ファルークもぐいと腰を押し付け、大きく身を震わせた。薄い膜越しに、熱い飛沫が花子の中に放たれる。

「あっ、あ……」

　硬直していた身体から力が抜ける。ファルークに与えられた熱で、蜜壺のナカが満たされていた。高みへ押し上げられた余韻に、まだ花子の身体のナカが蠢いている。

「ハナコ」

　ファルークの唇が花子の唇を塞いだ。ゆるりと侵入してくる肉厚の舌に、花子は自分の舌を絡めて吸った。両手を逞しい彼の首に回し、ぎゅっと身体を押し付ける。

「んっ、んんっ……は、んんっ」

　脈打っていた蜜壺のナカが少しずつ治まってくる。唇を離したファルークが、花子の身体から彼自身を引き抜く。

「っんっ」

　膜で覆われた欲望の表面には、白い泡が付いていた。花子の蜜を掻き混ぜた時に付いたのだろう。花子は、彼が後始末をしているところをぼんやりと見ていた。

　ファルークはホットタオルを持って来て、花子の全身を拭いた。その後自分の身体も拭いた彼は、ベッドに横たわり花子を腕に抱く。上掛けの下で、花子はファルークの身体という檻の中に閉じ込められた。

「……今日の勝負は引き分けだな。ハナコにイかされそうになって、我慢できなくなってしまった。ハナコも私にイかされただろう？」

温かな身体に抱かれた花子は、ううぅと呻き声を出した。

「……くやしい……」

（また、勝てなかった……どうして流されてしまうのよっ……！）

ファルークの手が触れた途端、彼の唇が触れた途端、そして彼に貫かれた途端——全てがどうでもよくなってしまう。彼に与えられる快楽に逆らえそうにない。

「今度は負けませんから」

恨みがましくファルークを見上げると、ファルークは唇を歪めていた。

「まあ、ハナコが勝負にこだわるのは、あの男が絡んでいるのだろうが」

ぽつりと独り言のように呟いたファルークの言葉に、花子は大きく目を見開いた。

「あ、の男……？」

「トキワとかいう奴のことだ」

軽い笑みを浮かべていた、常盤の姿が目に浮かぶ。

（どうして常盤くんのことを）

そう言えば、常盤と会った時にもそんなことを言っていた気がする。

ファルークの指が熱く火照った花子の左頬をするりと撫でた。それだけで、花子の心臓は一拍遅れて鼓動を打つ。

「待ち合わせの場所にいたあの男は、ハナコを馬鹿にしたような目で見ていた。あの時のハナコは――一瞬傷を隠しているような表情を浮かべていたぞ。気付いていなかったのか？」

「え……」

確かにあの時、ほんの一瞬過去の想いが蘇ろうとして――でもすぐに、消えたはず。常盤にも加奈子にも気付かれていなかったのに。

（気付いて、いた……？）

あんな僅かな変化を見逃さなかったのか。花子自身だって、もう過ぎたことだと思っていたのに。

花子はゆっくりと瞬きをする。

「……大学の同期生だって、言ったじゃないですか」

気が付くと、花子の唇から言葉が零れ落ちていた。

「小学生の私を見たでしょう？　あの頃の私は地味な上に引っ込み思案で、男子達からもよく揶揄われていました」

慕っていた祖父が亡くなってから、花子の人見知りは輪を掛けて酷くなった。成績優秀で真面目な花子は委員に選ばれることも多く、多少なりとも周囲のやっかみもあったのか、陰口もよく叩かるようになる。

『地味女のくせに先生に媚び売って』

『勉強しか取り柄がないんだから、仕方ないよな』

あの頃の花子は、そんな言葉を耳にしても、ただ黙ることしかできなかった。ただ、黙々と自分に与えられた仕事を果たすだけの日々。

「大学に行っても私は相変わらずで、地味でお堅い陰気な学生で通っていたんです。……常盤くんは、そんな私に声を掛けてくれた初めての男子でした」

講義室で一人座っていた花子に、声を掛けてきた常盤。

『山田さん、まだサークル入ってないんだろ？　うち入らない？　お気楽なサークルだからさ』

「当時の常盤くんは、明るくて社交的で、いつも友達の中心にいるような人でした。だから、そんな彼に声を掛けられて、びっくりしたけれど……嬉しくもあったんです」

常盤に勧められるままサークルに入った花子は、おずおずと飲み会にも参加するようになる。サークル自体は『他校交流会』なるお遊びサークルで、他大学とイベントや飲み会を開催して知り合いを広げていくのが目的だった。

「常盤くんはサークルのリーダーで、色々なイベントを企画していました。だから、そんな彼の手伝いになればと補佐役みたいなことをやり始めたんです」

『すごいよ、山田さん！　この企画書分かりやすくまとめられてて。これなら次の会議、スムーズに進むよ』

『もう連絡してくれたの？　ありがとう、俺最近忙しくて忘れててさ』

『本当、忙しくてレポートやってる暇もないんだよ……え、いいの？　山田さんの見せてもらって』

少しずつ花子の仕事の比重が重くなっていたが、花子はそれすら嬉しいと思っていた。少しでも忙しい彼の役に立てるなら、と。

——あれは、恋心とも言えない、淡い想いだった。

「忙しいからと困っていた彼にレポートを見せて……それが当たり前みたいになってきた時のことです。サークルの会議の後、忘れ物を取りに戻ったら」

花子はくっと歯を食いしばった。

「サークルの男子が常盤くんを囲んで、私のことで揶揄ってました」

——常盤って、山田さんみたいなタイプが好きなの？　今までの彼女とは全然違うタイプじゃん。

——あんな地味女、本気にするわけないだろ？　レポートとか肩代わりさせるのに便利なだけだって

——ひでーなー、お前。優しくして利用してるのかよ。

「……そう言って、皆で大笑いしてたんです」

頭の中が真っ白になった。優しく笑ってくれた常盤の姿が、見せかけだったことに、花子は全く気が付いていなかったのだ。こうやって、陰で嗤われていたことすら。

花子のそれまでの世界が砕ける音がした。

常盤に抱いていた感謝の気持ちも、慕う気持ちも、その全てが凍り付き、ばらばらに砕け散った。

「——あの日、それまでの『山田花子』は死んだんです」

悲しさや苦しさを押し退けて浮かび上がってきたのは——純粋な『怒り』。

花子の行動は素早かった。さっと講義室に入った花子を見て、常盤達はぴたっと話を止めた。

花子はにっこりと冷たい笑みを浮かべて常盤に近付いた。

『ごめんなさい、常盤くん。私も色々忙しくて、サークル辞めることにしたわ。これ、企画書。後は頼んだわよ』

ばさっと肩掛け鞄からファイルを手渡すと、常盤は不機嫌そうに眉を顰めた。

『山田さん!?　今さら困るよ、俺だって忙しいんだから』

『あら、こんなところで人の悪口言う暇はあるんでしょ？　レポートも自分で頑張って頂戴。じゃあ』

さっと踵を返した花子の後ろで、『今さら何だよ』『地味女のくせに生意気な』と喚《わめ》く声が聞こえたが、もう彼女は振り返らなかった。

それからの花子の評判が『地味女』から『鉄仮面女』に変わったのは、すぐのこと。

「それだけだったんです。ある意味、彼には感謝しています。もしああいう目に遭わなかったら私は今でも、うじうじした女のままだったかも知れませんから」

「……ハナコ」

ファルークが花子を抱き締め、自分の左頬と花子の右頬を擦り合わせる。

「それでもハナコは傷付いたのだろう？　女を見る目のない若造の戯言を聞かされて」

「傷、ついて、なんか」

あの時の痛みや悲しみ、絶望感――塞がったはずのかさぶたの下から、じくじくと痛みが流れ出す。

「ハナコには何の罪もない。ハナコの美しさを理解できない、浅はかな男だったというだけだ。もっとも、ハナコのハジメテを貰う栄誉を私が受けたのは、彼らが愚かだったせいでもあるのだろうが」

愛おし気に花子を見つめるファルークに、喉の奥で言葉が止まった。

「もし私がその場にいたのなら、そんな辛い思いはさせなかったのに、とそれだけは悔やまれる」

「……」

ファルークなら、大学時代の花子を見てもあんな言葉を言ったりしなかっただろう。彼が女性を揶揄するような台詞を吐くところなど、見たこともない。きっとその場にいたら、常盤達を再起不能にしていたに違いない。

ファルークにやっつけられる常盤達を思い浮かべた花子は、思わずくすりと笑ってしまった。

「もう、いいんです。久しぶりに会いましたけど、驚く程何とも思わなくて。あんな男の言葉に傷付いていたなんて、馬鹿みたいでした」

ファルークがゆっくりと首を横に振る。

「よくはない。ハナコは今でもその傷を抱えている。だから、勝ち負けにこだわるのだろう？」

「っ……！」

ファルークの視線が、花子の心の奥まで届いた。全てを明らかにしてしまう、その鋭い視線が、花子すら気付いていなかった古い傷口をこじ開けようとしている。花子は視線を落とし、低い声で言った。

「……平気ですよ、あんなこと。私が勝負にこだわるのは、単なる癖なんです。だってあなたは、倒し甲斐のある強敵なんですから。あなたに勝てたら、私は」

……あなたと対等な立場に立てて、あなたを

花子はぱっと目を見開き、自分の口を右手で押さえた。

（私、今何を）

何を考えていたの？　この人と対等になって、それで――

ファルークは、固まってしまった花子の髪を右手の指に巻き付けた。

「……そうか。なら」

左ひじをベッドについたまま、花子の髪に唇を落とすファルークは、宮殿の壁画のように美しかった。昔読んだロマンス小説のワンシーン。閉じられたハーレムの中、寵愛《ちょうあい》する姫君を抱いた後求愛する王の姿が目に浮かぶ。

「私は是非ともハナコに倒してもらいたい。そしてハナコも、私に勝てば気が済むのだろう？」

「気が、済む……？」

ファルークが妖艶な笑みを浮かべる。

「私は今まで、真剣勝負で負けたことはない。ハジメテ私を負かすのがハナコなら、それこそ本望だ」

「〜〜〜〜っ……！」

白いシーツの上に横たわるファルークの身体。盛り上がり綺麗な曲線を描く筋肉も、割れた腹筋も、古代の男性像のように美しい。

「今からでも……そう、二回戦をするか？」

ファルークの色っぽい流し目に、花子の身体が固まった。

（あああ、もう！）

花子はじろりとファルークを睨み、彼の胸板を左手で押す。

「純粋に寝る！　んです！　これ以上、あんなことしたら、死にますっ！」

「死にはしない。……ハナコとのセックスが気持ち良すぎて、天に召されるかもしれないが」

（何言ってるの、この男はーっ！）

「しーりーまーせーんーっ！　お休みなさいっ！」

ファルークに背中を向けた花子の後ろで、さも可笑しそうな忍び笑いが聞こえてきた。また頬が熱くなった花子だが、そのまま無視して目を瞑る。

ファルークに散々喘がされた花子は、身体が熱くなって寝られない——ということもなく、数分後にはぐっすりと眠りに落ちてしまったのだった。

＊＊＊

翌朝、出社するのと当時に、花子は会社中の注目を浴びた。

黒縁眼鏡を掛け、黒の上着に白のブラウス、そして黒のタイトスカートといういつもの格好の花子。だが今日は、いつも括っていた髪を下ろし、左薬指にキラキラ輝くとんでもない大きさのダイヤの指輪をしているのだ。

おまけに花子と一緒に出勤した黒のスーツ姿のファルークが堂々と「ハナコと私はコンヤクした。皆もシュクフクしてくれ」などと皆の前で言ったために、社内は阿鼻叫喚《あびきょうかん》の地獄絵図と化した。

あっという間に噂は広がり、一躍花子は時の人となる。ファルークのファン（？）にとっては、花子がいつもと同じ格好をしていることすら、気に入らないらしい。

『あんな地味眼鏡女が社長を射止めたって⁉』

『仕事にしか興味ありませんって顔してたくせに、結局今までの秘書と同じじゃない』

『社長も物好きよね、あんな鉄仮面女のどこがいいのよ』

花子が廊下を歩く度に、そんな声がちらほら聞こえてくる。ちらと花子が声のする方を見ると、睨み付ける女性社員が立っている、という場面に今日だけで何回遭遇したか分からない。


『あんたみたいな地味女、社長に相応しくないわ！』

キーキーがなり立てる電話の声に花子は「はい、左様《さよう》でございますね。私もそう思っておりますわ。では」と受話器を置く。

さっきから社用スマホではなく、電話番号が残らない固定電話にじゃんじゃん電話が掛かってくる。そのほぼ全てが罵詈雑言だ。

「だから嫌だと言ったのに」

朝から誹謗中傷《ひぼうちゆうしよう》のメールやら電話やら押し掛けやらに対応した花子は、お昼前だというのにもう疲れ切ってしまった。自席に座り、ぐったりと背もたれにもたれかかる。

――こんな指輪を会社にしていったら、目立つじゃないですか！

――ハナコが私の婚約者になった証の指輪をしないなら、皆の前でキスでもしようか？

そう爽やかに笑ったファルークの目付きは本気だった。ファルークはそこら辺でキスできるのかもしれないが、花子は違う。仕方なくうぬぬと指輪で妥協し、引き下がるしかなかった。

花子は鏡アプリを立ち上げたスマホを右手で持ち、左手で下ろした髪を上げた。スマホの画面には、白い首筋についた赤い花ががっつり映っている。

「やっぱりまだ消えてないじゃない」

元に戻したスマホを机に置き、花子はぐっと右手を握り締めた。

「しかも、諸悪《しょあく》の根源《こんげん》は外出してるしっ……！」

役員・部長クラスの社員を集め、花子を婚約者だと紹介した後、『仕事があるから』とファルークは一人で外出してしまった。スケジュールには外出予定はなかったはずだが、急遽《きゅうきょ》取引先から相談を持ち掛けられたらしい。

『ハナコは疲れているようだから、今日は早めに帰宅してくれ』

頬にキスを落とし、ウィンクまでしていったファルークに、花子はいつもと同じように『いってらっしゃいませ』とお辞儀をした。そんな花子に、ファルークは『ハナコのつれない態度も快感に感じるようになってきた』と変態じみた発言を残し、とっとと出て行ってしまったのだ。

――そしてその直後から、花子への攻撃が始まった、という訳だ。

「暇人多すぎない⁉」

いくらファルークがロマンス小説のヒーローそのもので、憧れている女性が多いといっても、もう少し遠慮して欲しい。何通のメールを削除したのか、覚えてもいない。

肩をコキコキ動かし、眉間を指で抓んでマッサージをする。対応に追われて、午前中はほとんど仕事にならなかった。

「午後は収まってくれることを、期待するしかないわよね」

んーっと腕を上に伸ばした後、花子はパソコンのキーボードを恐ろしい勢いで叩き始めた。

(ああ、仕事って素晴らしいわ……！)

難癖を付けてくる取引先のメールも、忙しいファルークの日程調整も、社内会議の調整も、上がってくる報告書データの取りまとめも、苛立った花子の心を鎮めてくれる。

「コンビニでおにぎりも買って来たし、このまま続けよう」

ドアの鍵も掛けた。固定電話も留守電モードに変えた。スマホはマナーモード。これでしばらくは邪魔が入らない。

(さあ、本気出すわよっ)

もぐもぐとおにぎりを頬張《ほおば》りつつ、花子はパソコンの画面を見ながら仕事を続けたのだった。

「……あ、もうこんな時間」

集中していた花子がふと壁掛け時計を見ると、すでに十七時を回っていた。

外界の雑音を全てシャットアウトしたおかげで、何とか午後は予定の作業を終えられた。午前に滞っていた分も、明日に回せる仕事以外は片付いた。

「そういえば、戻って来てないわね」

ファルークはこのまま、直帰するつもりなのだろうか。

と花子が思っていると、スマホがブブブ……と震え始めた。ファルークからだ。

「はい、山田です」

ファルークの低い声が耳に響く。

『ハナコ？　会合が長引いたので、今日はこのまま帰る。それから』

一拍置いた後、ファルークが爆弾を落とした。

『――明日、知り合いが主催するパーティーに婚約者として出席してくれ』

「は、あ⁉　明日ですか⁉」

思わず叫んだ花子に、ファルークが含み笑いをしたようだ。

『さほど人数もいないようだから、心配しなくていい。そうそう、ハナコはキモノを着て欲しい。日本人形のような美しいハナコを自慢したいのだ』

「はい⁉」

『ハナコも今日は早く帰るように。では』

「あの、社ちょ……！」

プープー……

すでに切れたスマホを、花子は呆然と見た。

（パーティーで婚約者として紹介する気⁉）

「何言ってるの、あの人はーっ！」

会社に暴露され、今度はパーティー⁉　スマホを握り締める手に力が入る。

「恐ろしく疲れる未来しか見えない……っ」

（婚約者のフリをするとは言ったけれど、いきなり過ぎない⁉）

本当に頭が痛くなってきた。ぐりぐりとこめかみを人差し指で揉んだ花子は、深い溜息をついたのだった。

その5．ヒーローはド派手に登場する

「これはこれは、何とお美しい！　このような婚約者がおられるとは、幸運ですなあ、ミスター・ファルークは」

「ええ、そうですね。ハナコは私の宝。彼女とケッコンできる喜びに、胸が震えております」

大袈裟に胸に右手を当て頭を下げるファルークの前で、経済界の重鎮達が笑っている。ファルークの左隣に立つ花子は、愛想笑いを顔に張り付けたまま、彼らの話を聞いていた。

ファルークはシークの格好――白のクーフィーヤを頭に被り、同じく白のカンデューラを身に纏っている。スーツ姿や和装姿が多い参加者の中で、堂々たる王者の風格を持つ彼は誰よりも人目を惹いていた。

そんなファルークの隣に立っている花子は、彼のリクエスト通り祖母譲りの振袖を着ている。アップに纏めた髪は、紅白のつまみ細工の梅の花が付いた銀色のかんざしで纏めた。黒縁眼鏡は掛けているが、唇の色は普段よりも明るい紅色。着物はミントグリーン色の鶯《うぐいす》が紅色の梅の花が咲く枝に止まっている柄。帯は梅と同じ紅色で、緑石の帯留めがよく映えていた。

左手に持つクリーム色の利休《りきゅう》バッグと、紅色の草履《ぞうり》の鼻緒には梅の花が刺繍されていて、華やかさに花を添えている。

祖母が若い頃に来ていた物だが、本絹《ほんけん》の良い品で保存状態も良く、今でも全く色褪《いろあ》せていない。

(下手に慣れないドレスを着るよりも、おばあちゃんの着物の方が落ち着くわよね)

これぱかりはファルークに感謝した。左薬指に輝くダイヤモンドに会場中の注目を浴びる中、着慣れた着物の安心感が花子を支えてくれている。

にこやかに会話を続けるファルークの横顔を見上げ、花子は昨日からの出来事を思い返していた。


結局、ファルークは昨日マンションに戻って来なかった。仕事の話が長引いたため、ホテルに泊まる、明日花子は会社を休んでパーティーに行く準備をしてくれ、マンションに人を行かせる、昼前に迎えに行く——とメッセージがあったのだ。

花子が言われた通り、祖母の着物を用意してマンションで待っていると、黒のパンツスーツを着た女性が二人、花子を訪ねてきた。

(……有名美容師とエステティシャンを出張サービスさせるって。どれだけ払ったのよ)

有名なヘアサロンとエステのロゴ入り名刺を二人から貰った花子は、思わず遠い目になる。

マンションで簡単なマッサージを受けた後、髪を整えメイクをしてもらい、着付けも手伝ってもらった。帯留め以外の小物は、彼女達が持ち込んだ品からのレンタルだ。

ちょうど支度《したく》が終わった時にファルークが白いリムジンで迎えに来て、このホテルのパーティー会場に到着し――今に至る。

(昨日何していたのか、聞いても答えてくれなかった)

何やらきな臭さを感じていたものの、ファルークは素知らぬ顔で微笑むばかり。仕方なく、花子は社交辞令に精を出すことに決めた。

花子は背筋を伸ばし、会場内をそっと観察する。

シャンデリアが煌めく大会場には、色鮮やかなパーティードレスを着た女性や、スーツ姿の男性、羽織袴姿《はおりはかますがた》の男性がいる。壁際の立食スペースでは、シェフが小皿に料理を取り分けている姿が見える。黒い制服を着たウェイターが、参加者に飲み物を配っていた。会場にゆったりと流れる曲は、クラシックだ。

パーティー慣れはしていないが、伊達や酔狂《すいきょう》で社長秘書をやって来た訳ではない。立食スペースで軽く食事を摂った後、花子は自分の父親より年上の重鎮相手にも、そつなく対応してみせた。

今のところ、ファルークと自分の元には祝福を伝える人しか寄ってきていない。

(……とはいえ、女性陣の視線は鋭いわね)

妙齢《みようれい》の女性達の視線が、ぐさぐさと花子に突き刺さってくる。恐らくこういったパーティーの場でファルークが連れて来ていたのは、もっと華やかで肉感的な美女だったのだろう。

『釣り合わないわね、あの二人』

『どうせすぐ飽きられるんじゃないの？』

そんな声が漏れ聞こえるが、花子は素知らぬフリをした。

「ミスター」

ファルークの元に黒ずくめの男性がやって来て、何かを小声で耳打ちした。小さく頷いたファルークが花子を見下ろす。彼の瞳に宿る何かに、花子はぞくりと震えを感じた。

「ハナコ。少し席を外すがいいか？」

花子はファルークの後ろに立つ男性にちらと視線をやる。黒髪に褐色の肌の男性は、ファルークが国から連れて来たボディガードの一人だろう。

「分かりました。私も少し会場の外に出ます」

（ちょうどいいタイミングだわ。私も一息入れよう）

花子は周囲に会釈して、パーティー会場をすぐに出る。そんな花子の後ろ姿を、ファルークはじっと見つめていたことに、花子は気が付かなかった。

「……ふう」

広い化粧室の鏡に向かい、花子は溜息をついた。大きな楕円形の鏡に映る自分の姿をとくと見る。

アップに纏めた髪は、少しも乱れていない。黒縁眼鏡を掛けた瞳も、アイメイクのお陰で大きく見えた。唇もいつもより明るい色のせいなのか、顔全体が華やかな雰囲気になっていた。

花子は視線を下ろし、左薬指の婚約指輪を見つめた。このおかげで、パーティー会場のあちらこちらから視線を浴びる羽目になったのだ。ようやく一人になれた花子は、こきこきと首を左右に曲げた。


「ミス・ヤマダ」

鏡の中に、赤いオフショルダーのタイトドレスを着たマルジャーナの姿が映る。花子が振り返ると、彼女は挑戦的な笑みを浮かべて腕を組んで立っていた。花子は軽く会釈をする。

「ミス・マルジャーナ。いらしてたのですか」

緩くウェーブした黒髪を垂らしたマルジャーナは、アーモンド形の黒い瞳で真っ直ぐに花子を見る。彼女が髪を掻き上げると、金輪が繋がったピアスの飾りがしゃらんと揺れた。首筋から肩甲骨《けんこうこつ》の辺りまで露わになるドレスは袖もなく、マルジャーナの豊満な身体のラインをくっきりと浮かび上がらせている。ミニスカートから伸びるすらりとした脚も、まるでモデルのようだ。ドレスと同じ色のピンヒールには、金のビーズが散りばめられていた。

　こんなに人目を惹くマルジャーナなのに、会場内では全く気が付かなかった。花子が訝し気に眉を顰めると、マルジャーナは真っ赤な唇をにまりと曲げた。

「あなた、ファルークのゲンチヅマになったって聞いたけれど？」

「は？」

（ゲンチヅマ？）

　花子が眉を顰めると、マルジャーナはほほほと高笑いをした。

「ファルークはね、あなたみたいな人じゃ釣り合わないのよ。ファイアオバルの有力者の娘を何人も娶る予定だし。まあ私は寛大だから、正妃でありさえすれば愛妾《あいしょう》もゲンチヅマも認めるわ」

「……！」

（現地妻のこと⁉）

　本拠地に妻がいながら、他拠点でこさえた愛人のことだ。ファルークが花子を現地妻にした？

（愛妾って、愛人のこと？　何人もいるって）

「そんな噂が流れているのですか？」

　花子の声が低くなる。マルジャーナは悪意に満ちた微笑みを浮かべて花子に言った。

「だって、ファルークがあなたみたいな女を正妃にだなんて、考えられないわ。彼の母親のことがあるから、自国の有力者に繋がる妻を娶る必要があるのよ」

「母親……」

マルジャーナが黒髪黒目で褐色の肌という姿なのに対し、ファルークは肌こそ同じ色だが金髪碧眼だ。フランス人の母親に似たのだと思っていたのだが。

「彼の母親はね、後ろ盾のない異国人だから正妃になれなかったのよ。だから彼のお父様は、もっと相応しい家柄の女性を娶ったの。もっとも、ファルークが長兄である以上、腹違いの弟達を抑えて彼が跡継ぎになる可能性は高いけれど」

(跡継ぎって?)

今でも油田の持ち主で、大金持ちだ。その上更に後を継ぐ?

そこで花子ははたと気が付いた。マルジャーナはファルークの妻のことを何と呼んでいる?

(まさか)

左薬指に嵌っている指輪がずんと重みを増した。

「正妃って、どういうことですか?」

花子の問いに、マルジャーナは目を丸くした。数秒後、口端を上げたマルジャーナが、きらりと瞳を光らせる。

「ふっ……ふふふふ、ふふふふっ……」

さも可笑しそうにマルジャーナが嗤う。花子への侮蔑を口元に浮かべて、彼女は尖った言葉を吐いた。

「あなた、ファルークのこと何も知らないのね。ファルークのお祖父様であるイバル様は、ファイアオバルの国王よ。そして彼の父親は王太子。ファルークは第二王位継承権を持つファイアオバルの王子なのよ」

「――っ⁉」

花子は目を大きく見開いた。堂々とした王者の雰囲気を漂わせた、シーク姿の彼が目に浮かぶ。

（ファイアオバルの王子⁉）

そう聞いても何の違和感もない。ファルークの雰囲気も態度も、全て王族であるからだと思えば納得しかない。……だが。

（どう、して）

何も言ってくれなかったのか。あれだけ愛の言葉を囁いておきながら、自分の正体を隠したままだったのか。それはつまり。

（いずれ、別れるつもり、だったから……？）

大きなダイヤの指輪もファルークの財力からすれば、大したことはない。自分から口説いた女性はハナコだけだと言っていたが、すでに妻となるべき女性がファイアオバルにいたのではないか。

大きな岩で胸が押し潰されたような感覚がする。ファルークが与えてくれた女性としての自信に、ぴきと亀裂《きれつ》が入る音がした。

(何も……知らされてなかったなんて)

——これではまるで、本当に現地妻だわ……

足元の床が割れ、底知れぬ奈落へと落ちていく感覚がする。顔をこわばらせた花子に、マルジャーナは嬉々として話を続けた。

「大体ファルークがあなたに近付いたのには目的があったからよ。その、あなたが身に付けている、緑の石よ」

「え?」

花子はマルジャーナが指差した帯留めを見た。エメラルドカットされた緑の石に、天井の灯りが煌めいている。

「これは祖父が祖母に持ち帰った土産《みやげ》ですよ。これがどうして」

「土産ですって? これが? 王家のエメラルドじゃないの! 本当に何も知らされてないの

ね」

（王家のエメラルド!?　これが!?）

クラック《ひび割れ》が入っているし、大きすぎて宝石じゃないと思っていたのに!?

――砂漠の民は水や緑に憧れる。それは魂に刷り込まれた飢えなのかもしれないな。だから透明なダイヤよりも、緑のエメラルドに惹かれるのだ

ファルークが言った言葉。彼はこの帯留めを見てそう言ったのだ。

マルジャーナがふふと含み笑いをする。

「かつてファイアオバルでクーデターが勃発した時、イバル様はそのエメラルドを王の笏《しゃく》から外して持ち去ったの。王の笏を掲げて神に宣言しなければ、正当な王として認められない。だからイバル様は王宮を去る時に、自分を裏切った義弟が王になれないようにしたのよ」

「……」

「そして追われて痩せた土地や砂漠を流浪《るろう》していた時に、日本人技術者に井戸を掘り当ててもらい、油田の場所も予測してもらったらしいわ。そのお礼と――義弟に王位を渡さないために王家のエメラルドをその技術者に渡したって。結構身内では有名な話なのよ」

――花子。いつか王子様が来るかもしれないぞ？

（おじい……ちゃん）

祖父の言っていたことは本当だったのか。

「その数年後、オバル様は王位を奪還して今に至るってワケ。だけど、政権が安定するまで長らく連絡が取れないままだったから、その日本人の行方は分からなくなってしまったわ。おかげで、今でも王はイバル様のままになっているの」

だから結構な年齢のはずのファルークの父親が王太子なのか。

「イバル様は今後のことも考えて、ファルークの世代に王位を譲るつもりよ。だからこそ」

マルジャーナの黒曜石の瞳が、固まってしまった花子を射抜く。

「ファルークは日本に来たんじゃない。エメラルドを持っている日本人技術者の消息を求めてね。……そして出会ったのが、彼の孫娘。つまりあなたよ、ミス・ヤマダ」

ファルークと出会ったのは、偶然ではなかった。彼は最初から花子が——いや、花子が持つこの石が目当てだったのだ。

『私とケッコンしてくれ』

——あの言葉も
『ハナコは自分を卑下し過ぎだ。ハナコはオアシスに咲く野薔薇のように美しく、そして気高い。頭脳明晰で、心も清らかで強い。正に私のきさ――妻に相応しい女性だ』

――あの言葉も
――みんなみんな、嘘だった……？

花子の心は完全に凍り付いてしまった。何も感じない。何も言葉が出ない。ただマルジャーナの言葉だけが、やたらと耳に響く。

「ファルークに感謝すれば？　少なくともファルークは無理やりエメラルドを奪い取ってはいないのだから。ゲンチヅマとしていい思いをさせてから、交渉するつもりだったんじゃない？」

マルジャーナの赤い唇が違う生き物のように動く。

「ファルークのベッドテクニック、素敵でしょ？　私も何度もイかされて、思わず気をやってしまったわ」

うっとりとした表情のマルジャーナを、花子は呆然と見ていた。ファルークもそれなりの付き合いはあったと言っていた。マルジャーナとそういう関係だったとしても、不思議ではない。マルジャーナはファルークの親戚――ということは、ファイアオバル王族の親戚になる。ファルークの正妃になる条件は十分揃っているだろう。

「嘘だと思うなら、ファルークに聞いてみれば？　さっき控室にいたわよ」

踵を返したマルジャーナがふと振り返り、人形のようになってしまった花子を見た。

「じゃあね、ミス・ヤマダ。あなたは地味だけど、仕事はできるってファルークが褒めていたわ。そこは自慢していいんじゃないかしら？」

――あんな地味女、本気にするわけないだろ？　レポートとか肩代わりさせるのに便利なだけだって。

（常盤くんと……同じ……？）

マルジャーナがヒールの音を鳴らしながら去った後も、花子はその場に立ちすくんでいた。

鏡に映る花子の顔は、蒼白《そうはく》になっている。喉の奥が詰まって言葉が出ない。バッグを持つ指の先が冷たく強張っている。

……常盤が花子を騙していたと知った時も、こんなにショックではなかった。傷付いたけれど、自分から彼を切り捨てることができた。でも――

『ハナコ』

青い瞳を煌めかせて花子に微笑むファルークの声がする。

優しい彼の笑顔を、声を思い出すだけで、こんなにも胸が痛い。痛くて堪らない。マルジャーナの言葉を聞いても、常盤の時のようにはできそうにない。それがどうしてなのか――ようやく、分かった。

「わ……たし」

唇が震える。

こんな時に知りたくなかった。気付きたくなかった。

あの美しい砂漠の王子に、自分は不釣り合いだと分かっていたのに。

あの笑顔に、指に、唇に抵抗できなくて、流されてしまうのは何故なのか、今はっきりと自覚した。

――いつの間にか……本当にいつの間にか、ファルークのことを。

花子はぎゅっと唇を噛み締めた。震える手を握り締めると、鏡の中にダイヤモンドの煌めきが映る。これを嵌めてくれた時のファルークの微笑みを思い出し、花子はきっと顎を上げた。

鏡に映る自分の顔は、不安と絶望の表情になっている。それを払拭《ふっしょく》しようと、花子は口を開けた。

「……何を怯《おび》えてるの、山田花子。あんな人《マルジャーナ》の言葉だけを信じる気？」

ぱんと右手で頬を叩いた。鏡の中の自分を真っ直ぐに見つめる。

(私はもう、前の山田花子じゃないんだから)

「確かめに行くわよ」

花子は化粧室のドアを開けて廊下に出た。マルジャーナが言っていた控室は、化粧室と会場の間にあったはず。

花子は背筋を伸ばして、右を向いて歩き出す。やがて廊下の右側の壁に『控室』のプレートが付いた白いドアが見えた。

右手でドアの取っ手を押した時、少し開いた隙間からファルークの声が聞こえた。フランス語で話された内容に、花子の手は止まってしまう。

『だから、あの石は彼の孫娘が持っていると言っただろう』

『なら、どうして手に入れないのですか。あのエメラルドがあれば、あなたは王となれるのですよ？　あなたこそ次代の王に相応しい、シーク・ファルーク』

(……！)

花子は思わず立ちすくんでしまった。

——ファルークは第二王位継承権を持つファイアオバルの王子なのよ

マルジャーナの言ったことは正しかった。ファルークは次期国王を望める立場の人間だったんだ。

――嘘だと思うなら、ファルークに聞いてみれば？

シーク姿のファルークが、急に遠い人に見えた。ドアの取っ手に掛けた指が硬く強張る。

『ラシッドは相変わらずなのか』

『はい。秘《ひそ》かに日本で情報収集しているようです。エメラルドのことを知るのも時間の問題かと』

花子の身体が揺らぎ、取っ手にもたれかかってしまう。僅かにドアが開く音がした。

『……っ、ハナコ⁉』

ファルークがドアを振り返り、青い瞳を大きく見開いた。ファルークの前には先程見た黒スーツの男性がいる。

花子はゆっくりとドアを開け、控室の中に入った。壁際にいくつか椅子がある以外は何もない、十畳程の部屋の真ん中に二人が立っている。自分の表情筋が死んでしまったようだ。胸を圧迫する重い痛み以外は、何も感じない。

「……言ってくれたら、良かったじゃないですか。シーク・ファルーク……いえ、ファルーク王子と呼んだ方がよろしくて？」

「！」

花子の低い声を聞いたファルークが、緊張に顔を強張らせる。やや顔色が悪くなった気もするが、花子はなりふり構ってはいられなかった。

「こんなの……欲しければ差し上げます。私には、祖父や祖母の思い出という宝があるんです。こんなもの、必要ありません」

帯留めを紐《ひも》から乱暴に外した花子は、ファルークに向かって思い切り投げ付けた。ファルークは右手でぱっとそれを掴む。

「ハナコ」

「別に婚約なんてしなくても良かったんです。最初から正直に言ってくれさえすれば」

握り締めた拳が袖の中で僅かに震えてる。

大丈夫。ちゃんと声は出てる。鉄仮面女の異名《いみょう》は伊達じゃないって見せてやるのよ。

「では、失礼します。ご心配なく、騒いだりしませんから」

お辞儀をした花子は、さっと踵を返して控室から出た。背後で焦るファルークの声と電子音が聞こえる。

「ハナコ！」

『シーク・ファルーク！　今連絡が』

「っ！」

締まったドアの向こうに、ファルーク達の音が消える。

花子は早足で控室から遠ざかった。小走りしかできない草履がもどかしい。後ろからマルジャーナの声が聞こえた気がしたが、花子は振り返らなかった。

（とにかく今は顔を合わせたくないっ）

パーティー会場の前を通り過ぎ、エレベーターホールに向かう。このままタクシーを捕まえて、自分の家に戻ろう。それからのことは、後で考えればいい。

運よく止まっていたエレベーターに乗り、一階ロビーフロアに降り立つ。豪華な玄関ロビーを小走りに抜けた花子は、黒塗りハイヤーが一台タクシー乗り場に停まっているのを見た。

「すみま……っ⁉」

ハイヤーに向かって右手を挙げようとした花子は、いきなり後ろから左腕を掴まれた。思わず振り返った花子の目に入ったのは、サングラスを掛けた黒ずくめの男性。黒髪に褐色の肌のその男性は、流暢な日本語でこう告げる。

「失礼、ミス・ヤマダ。我が主がミスに話がある。少しお付き合い願えるだろうか」

二の腕を握る手に力を籠められ、花子は眉を顰めた時、ハイヤーのドアが静かに開いた。車の中に押し込まれた花子は、奥に座っていた男性を見て目を丸くする。ファルークと同じ白のクーフィーヤを被り、同じく白のカンデューラを着た男性は、黒髪に黒目、褐色の肌をしていた。目付きや顎の形がファルークに似ている気がする。男性は花子を見てにまりと笑う。

「……お初にお目にかかる、ミス・ヤマダ。私の名はラシッド＝スレイマン。ファルークの異母弟だ」

（ラシッドって、さっき聞いた⁉）

どうしてファルークの弟が、自分を連れて行こうとしているのか。まるで分からない。

「しばらくお付き合い願おうか。大人しくしていれば、危害は加えない」

花子は無言でラシッドを睨み付けるが、暴れたりはしなかった。

花子を掴んでいた男性も車に乗り、ラシッドと男性に花子が挟まれたところで、ドアが閉まる。静かにハイヤーが発進したところで、花子は改めて車内を観察した。

八人は乗れそうな広いハイヤーの後部座席に、ラシッド、花子、そして男性が乗っている。運転手と助手席に乗っているのも、サングラスを掛けたに黒ずくめの男性達。クッションがよく効いたベルベットの座席は座り心地が良かったが、花子は警戒を怠《おこた》らなかった。

「〇〇〇……」

ラシッドが何かを助手席の男性に指示すると、男性はスマホを手に取った。誰かと話しているが、花子の知らない言語だ。

「迎えに行こうと思っていたところで、あなたが走り出てきてくれて助かった、ミス・ヤマダ」

ラシッドが花子を見て口を開く。

「……迎えに？」

ラシッドは花子を上から下までじろじろと見回した後、ざらざらした耳障りな声で言う。

「欲を言えば、王家のエメラルドを付けたまま来て欲しかったが、仕方がない。ファルークに持ってこさせよう」

「！」

（あの石が目的⁉）

さっと顔を強張らせた花子を見て、ラシッドが腕を組み厭らしく嗤った。

「もう分かっていると思うが、ファルークがお前と婚約などと言ったのは、あのエメラルドが目的だ。あやつにはマルジャーナが纏わり付いていたからな……もっとも、フリだけとはいえ、こんな貧相な女のどこが良かったのか、気が知れん」

花子はきりりと唇を引き締める。

「だが、仮にも公《おおやけ》の場で婚約者と紹介した女が攫われたのにもかかわらず、何もしなければ、あやつの評判は地に落ちる。ファイアオバルでは、婚約した女は宝のように扱わねばならぬという風習があるのだ。だから、お前と交換するといえば、王家のエメラルドを持って来ざるを得ないだろう」

ラシッドの目に宿る獣めいた光にも、花子は眉一つ動かさなかった。

「今頃ファルークの元にはマルジャーナがいるはずだ。あの女にとって、お前は厄介者だったらしい。ファルークとお前を引き離すためならと、私に情報を流していたのだからな」

つまりラシッドがホテルにいたのは、マルジャーナが連絡したから、らしい。

(今頃ファルークのところにいるって……)

花子を見下す黒い瞳が頭に浮かぶ。あの猫のような瞳でファルークを見つめ、豊満な身体で彼を誘惑しているのかもしれない。

(胸が、痛い……)

マルジャーナがこの男に協力したのは、花子を遠ざけファルークを手に入れるためなのだろう。ファルークは、親戚筋のマルジャーナをきっぱり拒絶できるのだろうか。

(だめ、弱気になっては!)

花子は首を横に振る。ファルークは責任感が強い。花子が巻き込まれたと知ったら、きっと来てくれるはずだ。

(こんな男にいいようにされて、たまるもんですか)

ファルークに負けるならまだしも、こんな卑怯《ひきょう》な手を使う男には負けたくない。

(冷静に、周囲を観察して、チャンスを待つ!)

「大体、あやつは純血のファイアオバル人でもないくせに、おこがましいのだ。何の後ろ盾もない西洋人との混血児など、長兄とはいえ王に相応しくない」

「……」

「私の母はファイアオバルの貴族の出だ。血筋も何もかもが、私の方が上。私こそが王に相応しい。混血のファルークよりも、軟弱者のシャガールよりも」

上機嫌でベラベラと喋《しゃべ》るラシッドの言葉を覚えておこうと、花子は無言のまま、ラシッドのだみ声に付き合うことにしたのだった。

花子が連れて来られたのは、解体が計画されている地区の廃《はい》ビルだった。港近くのこの辺りは倉庫や廃ビルが多く、ほとんど人気がない。太陽がオレンジから赤に染まり、ゆっくりとビルの谷間に沈もうとしていた。

黒塗りのハイヤーから降ろされた花子は、黒ずくめの男に左腕を掴まれたまま、先に行くファルークの弟《ラシッド》の背中を睨み付けた。黒スーツの男二人を従えたラシッドはファルークと同じ、クーフィーヤにカンデューラという格好だが、ファルークを見た時のようなときめきも何もない。

ただ、シークのコスプレをしている男にしか見えない。

（全然雰囲気が違うのね）

お付きの男性（?）を従えていても、ラシッドからは王者の風格をまるで感じない。黒髪黒目褐色の肌のラシッドの顔付きは、ファルークに似ているところもあるが、どこか野卑《やひ》な感じがするのだ。特に目付きが厭らしい。

（大体女性を攫って言うことを聞かそうなんて、王たる資格なんてないんじゃないの⁉）

マルジャーナの様な妖艶な美女がお好みらしいラシッドは、花子には手を出さなかったが、視線はねっとりと厭らしかった。露出の少ない着物で良かったと思う。


錆《さび》だらけのエレベーターは五人でぎゅうぎゅう詰めだった。降りてから更に階段を上がったところにある、錆《さ》び付いた鉄のドアを開け、外に出る。屋上の風が花子の振袖を揺らした。ぐるりと鉄筋の柵に囲まれた屋上は、小学校のプールを横に二つ並べたぐらいの大きさがあった。ドアの近くには、ドアが壊れて閉まらなくなっている物置があり、薄汚れたコンクリートの床に黄色のペンキで描かれたヘリポートのマークはところどころ消えている。

ラシッドは入り口から二メートル程歩いたところで足を止めた。男が花子の腕を離し、彼女の背中側に立つ。花子は一メートル程の距離を置いてラシッドに向き合った。

「もうじきファルークを呼び出した時間になる。ここなら何をしても知られることはない。果たしてあの臆病者のファルークは来るかな？」

「ファルークは臆病者なんかじゃありません」

ラシッドがすっと黒い目を細めた。

「こんな目に遭わされてもそう言うのか？　まあ、あいつが来なければ、お前を可愛がってやってもいい。ファルークよりもいい思いをさせてやるぞ？」

花子も目を細めてラシッドを睨み付ける。背の高さはあまり変わらないが、ラシッドの方が体格がよい……というより、下腹がでっぷりした感じだ。ファルークを貶《おとし》めることしか考えていない男が、ファルークよりもいい思いをさせてやるだなんて、とんだ思い上がりだ。

（……足も手も震えてない。大丈夫）

――だって必ず、ファルークが何とかしてくれるはずだから。だから私も、冷静に対処しなければ。

怯えるそぶりを見せない花子に、ラシッドがぺっと唾を吐いた。

「本当に可愛げのない女だ。もっと恐怖に青ざめて命乞いをすればいいものを」

「……」

花子は無言で胸を張り、睨む目に力を込めた。ラシッドが嫌そうに眉を顰めた瞬間――

……ババババババババ……

どこからか轟音《ごうおん》が聞こえてきた。ビルの風とは違う風が屋上に吹き荒れる。花子は左斜め上を見上げ――あんぐりと口を開いた。

「なに……あれ」

「××××っ！」

「○○○ーっ！」

男達が空を指さして何か叫んでいる。ラシッドも驚愕のあまり、目が飛び出そうになっていた。

男達の指の先には、廃ビルに向かって飛んでくる、とんでもなくド派手な金色のヘリコプターがいる。夕日に照らされて輝く、そのあまりの派手さに、花子は思わず目を擦った。ヘリコプターの二重のプロペラは激しい勢いで回転していて、乗り口からロープでできたはしごがぶら下がっている。そしてそのはしごに足を掛け、掴まっているカンデューラを着た男の姿。黒いベルトが白布に映えて良く見える。

「ファルークっ⁉」

花子とラシッドが同時に声を上げた。ヘリポートの上に移動したヘリコプターから、ファルークが軽々と床に飛び降りる。膝を使って着地した、その華麗な動きに花子は目を奪われた。

ファルークは立ち上がり、ゆっくりとラシッドに向き直った。ちらと花子の方を見た彼の瞳に、花子の目頭が思わず熱くなった。ヘリコプターは轟音と共に、また空へと浮かび上がっていく。

（だめよ、気を緩めちゃ！）

花子はくっと歯を食いしばった。ファルークとラシッドのクーフィーヤが風に煽られている。対峙する二人を見て、黒づくめの男達も動きを止めているようだ。

「派手な登場じゃないか、ファルーク」

最初に口を開いたのは、ラシッドだった。ファルークは無表情のまま、ラシッドを睨み付けている。

「あんな地味女のために、王位を諦めるとは情けない。それで？　持って来たのか」

「ああ」

ファルークがカンデューラのポケットに右手を入れた。花子の帯締めから取ったエメラルドが、褐色の手の上で輝いている。

それを見たラシッドの顔が喜びに染まった。ラシッドがファルークに向かって一歩踏み出し、右手を差し出した。

「早く寄こせ。そうすればお前の女は」

「――ラシッド。勝負をしないか」

ファルークの声がラシッドのだみ声を遮る。ファルークは、腰に挿していた二本の半月刀《シャムシール》を床に放り投げた。からんと金属製の音が響く。

「ファイアオバルの祖、オバル＝スレイマンの名に懸けて、お前に決闘を申し込む。ラシッド＝スレイマン、どちらでも好きな刀を選ぶといい」

「――っ！」

ラシッドが息を呑んだ。黒づくめの男達も黙ってラシッドとファルークを見ている。

「そもそも王位を決める基準は強さだ。お前が王になりたいのであれば、私ぐらいは廃することができるはずだ。そうだろう？」

ファルークが右手をさっと振り、一人の男に向かってエメラルドを投げ付けた。

「オバルの名を懸けた決闘に手を出した者は、処罰の対象とする。ファイアオバルの決闘の伝統だ、守ってもらおうか」

「貴様っ……！」

ラシッドは悔しそうに拳を握り締めていたが、床に転がった刀に目をやり、刃の幅が大きい方の刀を右手に持った。ファルークは残された刀を右手に持つ。

二人は真正面に向き合い、刀を構えた。

「──さあ、始めようか」

そう言って笑ったファルークの顔は、獲物を狙う獣そのものだった。

甲高い剣戟《けんげき》の音が屋上に響き渡る。銀色に煌めく刃が、鋭い曲線を描きながら何度もぶつかり合う。

(何⁉　何が起こってるの⁉)

状況を把握する暇もなく、ファルークとラシッドの決闘が始まってしまった。男達は何も手出しをせず、じっと二人の様子を見守っている。

「け、決闘って！　どうして止めないの⁉」

花子は後ろにいた男の胸倉を掴んで叫んだ。サングラスを掛けた男は無表情のまま、髭《ひげ》の下の口を動かす。

「祖オバル＝スレイマンの名において戦うことは、ファイアオバルの男の名誉を賭けた争い。何人《なんぴと》たりとも勝敗が喫するまで手出しは無用」

「なに、それはっ」

花子は振り返ってファルークを見た。右手で刀《シャムシール》を操るファルークの姿は、まるでアラビアの舞のように華麗だった。剣筋も鋭く、ラシッドを追い詰めている。

一方のラシッドは、やや劣勢だった。幅の広い大きな刀を選んだのはいいが、振り回すのに精一杯のようで、顔にも必死の形相が浮かんでいる。ファルークの刀は細身だが、ラシッドの刀を余裕で受け止めていた。

そうはいっても、刃物を振り回しているのだ、怪我《けが》をしないとは限らない。

「ああもう！　他に何かっ……！」

男達が頼りにならないと知った花子は、辺りをきょろきょろと見回した。

（あ！　あそこなら！）

花子は着物の裾を両手で掴み、草履を脱ぎ捨てて全速力で走って行ったのだった。


カキーン！


一際大きい音と共に、ラシッドの右手から刀が飛ばされた。がくりと膝をついたラシッドにファルークがきらりと銀色に光る刃を突き付ける。

「お前の負けだ、ラシッド」

ファルークを見上げるラシッドの口から、呪いの言葉が漏れた。

「っ、くそっ……！　お前のような混血が王になどとっ……！」

「私は別に、王位を賭けて争った訳ではない」

ファルークの声にラシッドが顔を上げた。逆光のファルークの瞳は冷たさを増している。

「ハナコは私の宝だ。その宝を傷付けようなどと、私が許すとでも思ったか?」

「な」

ラシッドが口を開きかけた時、大声が響き渡った。

「いいかげんにしなさーいっ!」

ばしゃん!

「ハナコ⁉」

「なっ⁉」

ファルークとラシッドは、いきなり降ってきた水に目を白黒させた。濡れたクーフィーヤからぽたぽたと水が落ちる。防水性のあるカンデューラも、肩の辺りがびしょ濡れだ。周囲にいた男達の口がぽかんと開いている。

「何やってるの! あんなもの振り回して、銃刀法違反《じゅうとうほういはん》で逮捕されたらどうする気なのよっ!」

ぜいぜいと肩で息をしている花子がファルークの斜め後ろに立っていた。袖口を捲《まく》り上げた花子の両手は、『防火用』と書かれた古い赤バケツを持っている。

「ハナコ」

ファルークが濡れたクーフィーヤを脱ぎ捨て、刀を腰に挿してにっこりと笑った。

「大丈夫だ。こういう場面の台詞も知っている。『安心せい、ミネウチじゃ』と言えばいいのだろう?」

「何言ってるのよーっ!」


花子はバケツを投げ捨て、ファルークの左頬を思いっきり叩いた。ぱしーんと小気味いい音がする。ファルークは左手で頬を押えて目を丸くし、ラシッドはひっと顔を引き攣らせた。

花子は身体ごとファルークにぶつかっていく。

「怪我でもしたらどうするのよ、馬鹿っ!」

ぽこすかとファルークの胸板を叩く花子の両手が止まらない。

「私の為なんかに決闘なんかしないでよ! あなたが怪我したら、私、私っ……!」

ぽろぽろと花子の目から涙が零れ落ちた。戦っているファルークを見ていられなかった。何とかして止めないと、と走った。物置近くには大抵防火用のバケツか消火器があるはずだと思った。そうして見つけたバケツを持ったまま着物姿で走った花子の目に入ってきたのが、膝をついたラシッドにファルークが刀を突き付けている場面だったのだ。

無事で良かったという思いと、警察に捕まったらどうしようという思い、どうして決闘するのよ馬鹿！　という思いが入り混じり、花子の涙は全く止まらなくなった。

「ハナコ」

ファルークが両手を広げて花子を抱き締めた。彼の身体は水に濡れて少し冷たくなっている。花子は濡れたファルークの胸にしがみ付いて、わんわんと声を上げて泣き出した。

「ばか……ばかっ……！」

「心配掛けて済まない、ハナコ」

ファルークの声と匂いが彼の無事を実感させてくれる。花子はファルークの胸の顔を埋めて、辺りを憚《はばか》らず大声で泣いた。

抱き締めるファルークの腕の力強さに、伝わってくる心臓の鼓動に、ようやく彼が無事だと実感できた。ファルークが「大丈夫だ」と囁く低い声が、愛おしくて仕方がない。

「……そんな女の為に、これを捨てるとは。つくづく愚か者になったのだな、ファルーク」

耳障りな声に花子は顔を上げる。後ろを振り返ると、あのエメラルドを右手に持ち、してやったりといった笑みを浮かべているラシッドがいた。

「あの石……！」

そうだ、決闘前にファルークが男に投げ渡してた……！

ぱっとファルークの顔を見上げたが、彼はただラシッドを冷静に見ているだけだ。

「この王家のエメラルドさえあれば、私が王だ……！　貴様はここでその女と懇《ねんご》ろにしていれば良いのだ！　はははははっ……！」

「……」

花子を抱き締める腕に力が込められた。だが、彼は何も言わない。花子はラシッドを睨み付けたが、全く無視されていた。

ラシッドは男達を引き連れて、鉄のドアの向こうへ姿を消した。ファルークは動く気配を見せない。

「ファルーク！　あのエメラルドが必要なんじゃないの⁉」

花子がファルークの胸倉を掴むと、ファルークは涼しい顔で言う。

「あれは、レプリカ……ニセモノだ。本物はすでにもう、プライベートジェットでファイアオバルに着いているはずだ」

「は？」

花子はあんぐりと口を開けた。へリといい、さっきから間抜けな顔ばかりしている気がする。

ファルークの清々しい笑顔が、恐ろしく邪悪に見えた。

「昨日すり替えておいた。ハナコがあの帯留めをして公の場に出れば、何か仕掛けてくると思い、パーティーに出るとマルジャーナにも伝えておいたが、案の定だった」

「は？」

今度の「は？」は一度目よりも低い声が出た。

「マルジャーナがあの男と繋がってるって知ってたの⁉」

「ああ。彼女の方はバレていないと思っていたようだが。ハナコが立ち去った後、『妻に相応しいのはあの女じゃなく私よ！』と擦り寄って来たが、ラシッドとの関係を告げると、真っ青になっていたな」

（レプリカとすり替えたって……まさか）

パーティーに出る前の日、ファルークは外出していた。あの時に⁉

（事前にレプリカを作ってたのね⁉）

花子を自分のマンションにおびき寄せ（？）、あらかじめ用意していたレプリカとすり替え、花子を連れてパーティーに出るとラシッドの耳に入るようにして。

花子の眼鏡がきらりと光る。

「じゃあ……もしかして私は、囮《おとり》にされたってこと？」

ファルークはしれっと肩をすくめた。

「オトリではない。カンザシにはGPSと盗聴器を付けていたし、ハナコの周囲はボディガードで固めていた。もしハナコに暴力を振るっていたなら、今頃ラシッドの命はない」

一瞬ファルークの瞳に宿った冷酷な光に、花子の背筋が寒くなる。

にやりと口端を上げるファルークが、悪人に見えるのは何故だろう。

（お願いだから、犯罪だけは止めてっ）

「ファイアオバルに戻った奴の顔が見られないのが残念だ。あれ程望んでいた王の座が、自分の弟のものになっているとは思ってもみないだろう」

「弟？　まだ弟がいるの？」

異国人の血を引くファルークが長兄だからと王位に就くのが気に入らないと、そうラシッドは言っていた。その彼以外の弟とは。

ファルークが小さく頷く。

「シャガールといってな、ラシッドの実弟になる。二十歳だが王に相応しい知能と行動力の持ち主だ。ラシッドは軟弱者だとシャガールを馬鹿にしていたが」

ファルークの声に苦みが混ざった。

「ラシッドは実母である王太子妃に甘やかされ過ぎた。お前こそが次代の王だと吹き込まれて、何の努力もしない怠惰な人間に成り下がった。シャガールは幼い頃身体が弱く、王太子妃に放置されていたのが幸いし、真っ直ぐな気性となった。私とシャガールとは仲が良いのだ」

花子はファルークの瞳を見た。彼の瞳は、夕日が沈み藍色に染まった空に輝く星のように輝いている。

「……じゃあ、あなたは」

——王にならないって言うの？

花子の問いに、ファルークは「ああ」とあっさり答えた。

「私は王の座に興味はない。今の立場で満足している。父のように複数の妻を娶る気もない」

ファルークが花子の左手を取り、薬指にキスを落とした。

「大体、王になればハナコがケッコンしてくれないだろう？」

「え」

どくん……

心臓が一拍鼓動を止めた。大きく目を見開いた花子を見て、ファルークは愛おし気に微笑んだ。

「せっかくハナコを手に入れたというのに、たかが王座の為に諦めるなどできない」

花子はファルークの胸倉を掴んで叫ぶ。

「たかが……って……国王よ!?　国の最高権力者じゃないの！　あなただったら、十分やっていけるじゃない！」

社長としても優秀なファルークは、恐らく国王としても優秀だろう。彼が采配《さいはい》する国は、きっと今よりも繁栄するはずだ。秘書として傍にいた花子は、彼の能力の高さを誰よりも知っている。大局を見据える力も、ここぞという場面で行動する力も、周囲が能力を発揮できるよう配置するセンスも、ファルークはずば抜けて高い。

国土は北海道《ほっかいどう》並みのファイアオバルだが石油資源は豊富で、現国王は世界長者番付の常連だったはず。それを全部捨てるつもりなのか。

「では、ハナコは私が国王の座に就いたら、正妃になってくれるのか？」

花子を真っ直ぐに見据えるファルークの視線に、息が止まる。

「そ、んなの……」

無理に決まっている。王族は複数の妻を持てる国だ。ファルークの母親はフランス人だったため正妃になれず、ファルークの父である王太子は地元の有力者の娘を娶ることになったと、マルジャーナも言っていた。

「あな、たを……他の誰かと、共有すること、なんて」

――でき、ない……

ファルークが自分以外の誰かに微笑み、親密な時を過ごして、そして子どもを――そう考えるだけで、身体の芯が氷のように冷たくなる。

「ハナコ」

ファルークの温かい身体が花子の身体を抱き締める。

「私はハナコが欲しいのだ。他の女はいらない。ハナコ以外を妻にする気はない。……だが、私が王になれば、マルジャーナのような権力者の娘を妻に迎えろと強制されるだろう。後ろ盾のないハナコを守るために、他の女と婚姻関係を結ばなくてはならなくなる。それは本末転倒だ」

　ファルークの指が花子の左頬を優しく撫でる。

「祖父がハナコのお祖父様と約束した『互いの子を娶せる』ことは知っていたが、相手がハナコでなければケッコンしたいとは思わなかった。ハナコは凛として美しく、聡明《そうめい》で心優しい。私が長年求めていた理想の女性は、ハナコなのだ」

　花子の目頭が熱くなる。目の前のファルークの微笑みが、滲んで見えた。

　すっとファルークが跪き、花子の左手を両手で持つ。左薬指のダイヤにキスをしたファルークは、花子を見上げた。

「山田花子さん。どうか私、ファルーク＝スレイマンの妻になってもらえないだろうか」

　夕日が沈み藍色に染まる空の下、白のクーフィーヤが風に揺れている。地味でありきたりな自分の前で、砂漠のシークが跪き愛を乞うているなんて、まるでロマンス小説の一節のようだ。

「ファルーク……」

喉に何かがせり上がって来て、言葉が出ない。ぽろぽろと涙を零す花子に、ファルークがウインクをした。

「もっとも、『Ｙｅｓ』以外の返答は受け付けない。断るようなら、ハナコを私の家に閉じ込め、身体から陥落させるのもヤブサカではない」

……やはりファルークは、ファルークだったようだ。結局、自分の思い通りにしてしまうのだから。花子は右手で涙を拭い、泣き笑いの表情を浮かべた。

「分かりました。お引き受けいたします、社長」

わざと秘書の顔でプロポーズを受けた花子を見上げる、ファルークの瞳がぱっと輝いた。

「ハナコ！」

立ち上がったファルークが、ハナコを強く抱き締める。花子も両手をファルークの逞しい身体に回し、ぎゅっと抱き締め返したのだった。

その6．もっと、欲しい

『もう一度ヘリを呼ぶか？』と言い出したファルークに、花子は『タクシーで帰りましょう！』と必死に説得した。あんなキンキンキラキラのヘリに乗るなど、心臓に悪い。

『ヘリの方が早いのだが』とファルークは不満げだったが、花子は譲らなかった。結局、ファルークが長期で借りているホテルのスイートルームに到着したのは、夜のとばりがすっかり降りた後だった。


シャンデリア輝く広いリビングに着いてからの、彼の動きは素早かった。「キモノを台無しにしたくないだろう？」といいつつ、花子の帯に手を掛ける。固く結ばれていたはずの帯締めをあっさりと解いた彼は、難なく帯揚げも引き抜いてしまう。

しゅるしゅるという布擦れの音と共に、帯があっという間に布に戻る。手際よく帯をソファの背もたれに掛けるファルークに、花子がうろんな目を向けた。

「ファルーク、あなた……本当にこんな経験ないんですか？」

じと目で睨む花子に、ファルークは大げさに両手を上げた。

「誤解だ、ハナコ。私は日本の伝統に興味があっただけだ」

「それだけの割には、手の動きが的確なんですけど」

ぶつくさ文句を言いつつも、汚れてしまった祖母の着物を綺麗にしたい花子は、自らも胸紐や腰紐を外し始めた。リビングのソファの上に、幾本もの紐が置かれる。

ファルークも、クーフィーヤとベルトから外した半月刀をソファーに置く。刀にちらと視線をやった花子は、「本当にそれ、大丈夫なんでしょうね？」と念を押した。ファルークは刃先を指先でなぞりながら答える。

「先程タクシーの中で言った通り、これは模擬剣で刃の部分を潰してある。振り回したところで、精々打撲する程度だ。いざとなれば、コスプレ？　グッズと言えばいいと、タロウが言っていた」

(何教えてるんですか、社長――っ！)

何とか銃刀法違反にはならずに済みそうだが、後で社長をとっちめよう、と花子は思った。

あれだけ泣いたのが恥ずかしくなってきた。

振袖を脱ぎ、タオルやら紐やらを外して長襦袢《ながじゆばん》姿を経て肌襦袢まで来た時、ファルークは悪戯っぽい目を花子に向けた。

「キモノとは花子のようだな。美しいがガードが固く、辛抱《しんぼう》強い男でなければ解くこともできないようだ」

「っ！」

肌襦袢は薄く、体型が露わになっている。花子の身体に向けられるファルークの目に、ちらちらと炎が映り始めた。

「さ、先にシャワーを浴びます」

急に恥ずかしさが込み上げてきた花子がそう言うと、ファルークは小さく頷いた。

「ああ、ゆっくり温まるといい。私はキモノをクリーニングに出しておく」

お願いします、と頭を下げた花子は、そそくさとバスルームへと向かう。背中に感じるファルークの視線の熱さに、肌襦袢に焦げ目が付いていないか、確認したくなった。

廊下に出てすぐ右側に脱衣所とバスルームがあった。バスルームはガラス張りになっていて、中はかなり広そうだ。

花子はかんざしを抜いて髪を下ろし、眼鏡と指輪を外して肌襦袢を脱ぎ、バスルームの引き戸を開けた。すでに暖房が入っていたらしく、広いバスルームの中は裸でも温かいぐらいだ。

「贅沢《ぜいたく》過ぎる……」

五人ぐらいは優に入れる広さのバスルームは黒い壁に床は大理石、おまけに蛇口《じゃぐち》などの金具は金色だ。入り口から一番奥に埋め込み式の湯舟、右側の壁にシャワーと蛇口が二台設置された洗い場がある。黒い湯舟には、壁に取り付けられた金のライオンの口からお湯が勢いよく注がれていた。

「ファルーク、金が好きなのかしら……」

ど派手なヘリコプターを思い出した花子は遠い目をした。人目を惹くためにわざとあれに乗ってきた、とタクシーの中で言っていたが、単に趣味だったのではなかろうか。

花子はシャワーの下に立ち、水栓を捻る。

「ふう……」

ちょうどよい温度のお湯が、花子の身体に注がれる。温かいシャワーを浴びて、ようやく一息つけた気がした。

固めていた髪を指で梳《す》き、顔をお湯で洗う。半分目を瞑ったまま、洗い場に置かれたシャンプーに手を伸ばそうとした瞬間、大きな手が花子の手を遮った。

「っ、ファルークっ⁉」

湯気で曇った鏡には、花子の白い身体とその後ろに立つ褐色の身体が映っている。慌てて振り向こうとしたが、ファルークにあっさり阻止された。

「ハナコの身体を洗うのは、私の権利だ」

大きな手が花子の髪にシャンプーを付け、優しく洗い出す。地肌をマッサージするような指の動きが気持ち良くて、思わずうっとりと目を閉じてしまう。

シャワーで丹念に泡を流した後、ファルークはトリートメントを髪に伸ばしていた。柑橘系《かんきつけい》の香りが花子の鼻をくすぐる。

「……！」

背後のファルークにもたれかかった花子は、ファルークの昂ぶりが臀部《でんぶ》から背中に当たっていることに気が付いた。身体の温度がお湯よりも上がる。鏡に映るファルークと自分の姿を見た花子は、熱い吐息を漏らした。

（本当に、逞しい身体だわ……）

花子も背が高い方だが、ファルークは優に十五センチは高い。広い肩から胸にかけての筋肉は綺麗に盛り上がり、レスリング選手のように美しい。花子より筋肉質の脚も、程よい筋肉が付いている。

この身体が与えてくれる快楽を、花子の身体はもう知っている。

今は髪を梳いているだけの長い指が、どんな風に肌を狂わせるのか、背中に当たる彼自身が、どれ程花子に甘い声を上げさせるのか、分かっている。身体の奥がむず痒《がゆ》くなったが、太腿を擦り合わせて我慢した。

「そんなに腰をくねらせて、私を誘惑しているのか？」

「きゃっ！」

ファルークの右手が、花子の白い腹の上に置かれた。ファルークが左手で花子の左鎖骨あたりを擦ると、白い泡が肌の上に立ってくる。

「あっ、ああ」

シャワーの向きが少し変わったのか、身体を流れるお湯の量が少なくなった。ファルークの手は花子の肌の上に円を描きながら、ゆっくりと移動している。彼の手で生み出された白い泡が、花子の肌の上をゆるやかに流れていく。

「ハナコの肌は絹《きぬ》のように滑らかで、弾力があって触り心地がいい。それに」

「ああっ」

「ここもこうして欲しいと言っている」

胸の丸みを楽しんでいた指が、半ば硬くなっていた胸の蕾を抓んだ。ピリと鋭い刺激が花子の身体を走り、思わず顎を上げてしまう。

「やっ、自分で洗えますっ……ああっ」

ファルークが自分の身体を花子の身体に押し付けてきた。背中に伝わるお湯よりも熱い体温に、花子の声が震える。胸の刺激に気を取られている間に、花子の下腹を押さえていた彼の右手が、少しずつ下へと移動していた。

「ひゃあっ！」

ぬめりのある指が、花子の茂みの中に入ってきた。恥骨の上で太い指先がゆるゆると弧を描き、濡れていた茂みが泡で覆われていく。

「あ、ああ、う」

指先が襞を掠める度に、花子はびくびくと身体を震わせた。一人では立っていられなくて、ファルークにもたれてしまった花子の左肩を、ファルークが軽く噛む。

「ハナコ。前を見るんだ」

「え……っ、……！」

花子は目の前の大きな鏡に映る光景に目を奪われた。湯気に曇っているが、ファルークの褐色の身体が自分の身体に後ろから覆い被さっているのがはっきりと分かる。彼の顎は花子の肩に乗せられ、今にも花子の身体に喰らい付きそうに唇を歪めていた。彼の左手は花子の右胸を下から持ち上げるように支え、長い指が尖った乳首を転がしている。一方彼の右手は、花子の太腿の間に入り込み、ゆっくりと前後に指を動かしていた。泡で覆われた茂みにシャワーのお湯が当たり、白い泡が解けて太腿に流れていく。

金の髪と黒の髪。青い瞳と黒い瞳。褐色の肌と白い肌。そのどれもに魅せられてしまう。足元をよろめかせた花子は、右手を伸ばして鏡に手をついた。ファルークがにやりと笑って、花子の腰を両手で持ち、後ろに引く。お尻を突き出した格好になった花子は、左手も鏡について身体を支えた。

「あ、ああんっ」

再びファルークの左手は花子の左胸に、右手が花子の茂みに戻ってくる。茂みの泡は全て流れたのに、彼の指先は花子の柔らかな襞をじっくりと擦り上げていた。左手の指も、柔らかな膨らみをリズミカルに揉み、疼いている胸の先端を指の腹で転がし始める。

「こんなにぬめりがあるのは、ボディソープのせいではないだろう？　ハナコ」

ファルークの低い声に、花子の全身が震えた。

「っ、あ、はあ、あ」

泡はとっくに流れているのに、花子の太腿の間のぬめりは取れない。彼の指で優しく撫でられた襞の間から、蜜が零れてお湯に混ざっているからだ。

花子の背中にファルークの唇が触れる。背骨に沿って舌で舐められ、花子は背中をぴくんと動かした。

（あっ……）

すぐ目の前に、自分の顔が映っている。肌に張り付いた濡れた黒髪。とろんとした目に真っ赤に染まる頬、そして半開きの唇。どう見ても、快楽に溺れている女の顔だった。

「あああああっ！」

びくっと花子の背中が揺れた。ファルークの右人差し指と親指が襞を掻き分け、敏感な突起を優しく抓んだのだ。

「あっあっあっ」

親指の腹が膨れた突起をぐりぐりと触る。それと同時に、彼の左手が花子の左胸を覆うように揉み始めた。彼の指から白い柔肉がはみ出て、粘土のように形を変える。花子が後ろを振り返ると、すぐさまファルークに唇を奪われた。

「んっ、んんん……あ、はう」

目を閉じた花子の太腿が、小刻みに震えている。絡み合った舌のねっとりとした感触に、腰から下の力が抜けてしまった。

「ハナコの身体は極上だ。素晴らしい味がする。このままハナコに酔ってしまいたい」

「はうっ⁉」

熱くて硬いモノが、花子の太腿の間に差し込まれた。思わず目を開けた花子の目に、茂みの中を動くファルークの欲望が見える。赤黒く膨れた先端が、疼く襞を、膨れた花芽を擦り上げ、その度に花子の唇から悲鳴に似た嬌声が漏れる。

「あ、んっ……あああ、あ」

疑似的な挿入行為が、花子の身体に火を付けた。彼の先端が襞の間に少しだけ埋まると、花子の襞はファルークを包み込もうとする。だが期待を裏切るように、熱い楔《くさび》はするりと抜けてしまう。

「んっ、や、あぁん」

彼が与えてくれる感覚を逃したくなくて、花子はぎゅっと太腿を閉じた。熱い塊と擦れ合う感触がより一層強くなり、花子は顔を仰け反らせた。背中から聞こえるファルークの息も、荒く乱れていた。

「このままでもイッてしまいそうだ。だが、私は」

ファルークの両手が花子の臀部に掛かる。白い双丘《そうきゅう》をぐっと左右に開かれ、濡れそぼった襞に熱せられた空気が直接当たった。

花子の左耳に、ファルークが誘惑の言葉を注ぎ込む。

「ハナコと直接触れ合いたい。……いいか？」

どくんと心臓が脈打った。直接触れ合う。その意味が分からない花子ではない。だけど。ファルークの掠れた声の中に、花子への懇願と――そして身体が燃え尽きてしまいそうな熱い想いを感じ取った花子は、心を決めた。

「は……い」

シャワーの音に消えてしまいそうな小さな声を、ファルークは聞き逃さなかった。すうと大きく息を吸ったファルークは、花子の腰を掴んで熱い先端を襞の間に埋めた。

「――っ、あああああっ！」

待ち望んでいた熱いモノが挿入《はい》ってきた感覚に、目の前が白くスパークする。狭い肉壁の間を、大きな塊が擦りながら奥へ進む。

「あっあぁっ……」

膝が小さく震える。ひくひくと動く襞が嬉しそうに彼を呑み込んでいく。

ずっ……ずっ……

熱い圧迫感に、花子は口をはくはくと動かした。少しの痛みと、火傷《やけど》しそうな熱と、肉と肉とが触れ合う感触と、空虚だった部分が満たされる感覚と、その全てが一気に襲い掛かってくる。

「ああ、あうっ」

最奥にファルークが達した感覚に、花子はふるりと肌を震わせた。ファルークは挿入《い》れただけでほとんど動いていないのに、花子は軽く気をやってしまった。襞はぎゅっと収縮し、大きく膨れ上がった楔から、欲望を搾り取ろうと動いている。

「ハナコのココは、うねうね動いて私を呑み込もうとしている。熱くて柔らかくてきつくて、最高だ」

ファルークが右手を花子の右胸に伸ばし、左手を肉と肉が重なり合う部分の上にあてがった。

「あああああ――あっ！」

ずんと衝撃が花子のナカに走る。ファルークがゆっくりと腰を動かし、花子のナカを蹂躙《じゅうりん》し始めた。濡れた蜜壺のナカを広がった先端が抉るように動く。傘の下の部分に襞が引っ掛かり、そのまま擦られる感覚に、くらくらと目まいがした。

「は、はあっ、あんっ、あああ」

花子は鏡に肘をつき、崩れ落ちそうな身体を支えた。前から貫かれるのとは違う部位を突かれ、頭をふるふると横に振る。

「もうナカで感じるようになったのか？　ハナコの身体は物覚えが良い」

「あああんんっ」

最奥をゆっくりと攻められて、花子は甘い悲鳴を上げた。ファルークの指は、乳首と花芽両方を弄っている。花芽を抓まれた時の鋭い快感がナカの違和感を消し去り、花子の身体はただ快感だけを拾い始めた。

「あ……ああ、あ」

「ハナコはどこが感じる？　奥か、それとも入り口の辺りか？」

ファルークは蜜壺のナカを探りながら、ゆるりと腰を動かす。色々な箇所を突かれた花子は、はあはあと荒い息を漏らした。

「あ、つ……いっ……あああああっ！」

ある一点を突かれた花子の背中が、びくんと揺れる。ファルークは一瞬動きを止めたかと思うと、花子が反応した箇所を狙って突いてきた。

「ココのようだな」

「あ、ああっ、ああ、ああーっ！」

結合部からねちゃねちゃと厭らしい音が漏れる。徐々に動きを速める彼自身が、花子の弱点にぶつかる度に、伝わる衝撃が大きくなった。

「あっ、あん、あっ……あ、はあ、んっ」


熱い。気持ちいい。もっと、もっとちょうだい。


言葉にならない熱を、花子は腰を揺らしてファルークに告げる。

それを読み取ったのか、鏡にもたれかかる花子の背後で、ファルークが笑ったような、気がした。

「ハナコ」

「ひあっ！　ああ、あっ――っ！　あ、はあ、ああっ！」

ファルークの抽送の速度が更に増した。熱い欲望を抜き差しされる度に襞が擦れ、痺れるような快感となって花子を翻弄する。

「あ、あ、あ、っ……！」

直接粘膜を抉られる快感。最奥を突かれる衝撃。きゅうきゅうと襞が締まる感覚。それら全てが、花子の身体の中に溜まっていく。溜まった快楽が、もう蜜壺から溢れそうになる。

「あ、あああ、ああっ」

「さあ、イくんだ、ハナコ」

「あああ、あああああああーっ！」

ずん！　とファルークが最奥を突いたのと同時に、花子は一気に快楽の頂へと達した。襞は欲望に巻き付き、ぐっと締めてファルークを促す。

「っ、く、は……っ！」

彼の欲望が膨れ上がった次の瞬間、熱い飛沫が花子のナカに放たれた。どくどくと脈打つ楔から直接最奥に飛沫が当たり、花子はぶるっと尻を震わせた。花子の蜜壺に納まりきれない白い液体が、結合部から太腿へ流れていく。

「あ、はあ、あ……」

ファルークを直接受け止めた花子の身体は、熱い満足感で一杯になっていた。力の抜けた花子の身体を、ウエストに回されたファルークの腕が支えてくれる。

「ハナコを私で一杯にできた。こんなに嬉しいことはない」

そう囁いたファルークが、ずると自分自身を花子から引き抜いた。精液と花子の蜜が混じり合った液体が、ぼたぼたとバスルームの床に落ちる。腰が抜け、ずるずると床に座り込んだ花子の身体を、ファルークはひょいと抱き上げた。

「汚れてしまったところは、私が責任を持って綺麗にしよう」

「あ……？」

まだ自分の身体から流れる感覚がしているのに……抱き上げられた花子の腰に当たっているのは紛れもなく——花子のナカにいた、アレで。

（え……ちょっと、待って？　だって、さっき、あんなに一杯出した……のに⁉）

慌ててファルークを見上げた花子は、『まだ喰い足りない』と言わんばかりの肉食獣の笑みを浮かべた彼の表情を見て——魂が口から抜け出そうになったのだった。


ファルークは花子の身体をシャワーで清めた（？）後、花子を抱き上げ湯舟に向かった。先に花子を湯船に入れたファルークは、ゆっくりと逞しい身体を湯に沈める。お湯の中でも褐色の肌はよく見えて、足を投げ出して座る彼のそそり立つ欲望までがはっきりと見える。

（うっ……）

花子は目を逸らし、腰を動かして彼から少し離れた。さっきまで彼を咥え込んでいた蜜壺のナカがまた蠢いているのを感じる。

「ハナコ」

「ひゃっ⁉」

ファルークの両手が花子の腰を掴んだ。ぐいと彼の身体に引き寄せられた花子は、彼の身体を跨《また》ぐような格好をさせられる。湯の中で腰を浮かせ、ファルークを見下ろした花子は、彼の瞳の中の妖しい光に息を呑んだ。

「ファルークっ⁉　……あんっ⁉」

蜜壺の入り口の、柔らかな部分に熱い彼の先端が当たっている。それだけで、襞が再びうずうずと蠢き出した。

「ハナコ。このまま腰を沈めて、私を迎え入れて欲しい――熱く潤んでいるハナコのナカに」

ファルークの言葉を聞き、身体の奥がずくんと疼く。

（満たして……欲しい）

この大きくそそり立った熱い欲望で、身体のナカを満たして欲しい。ファルークと一つになりたいと、熱い蜜に濡れた襞が奥へなびくように動いている。

「こ、うすれば、いいの……？」

花子やゆっくりと腰を下ろしていく。襞の間に太いモノが少し埋まり、花子はびくんと身体を揺らせた。

「は、あ……ああ、あ」

柔らかな襞に先端が擦り付けられる。少しずつ熱い塊がナカに挿入《はい》ってくる感覚に、太腿が小刻みに震えだした。ずるりとナカを進む先端の膨らんだ部分が、うねる襞を擦り上げる。ファルークが挿入《はい》るのとは違う箇所に刺激が走り、ごぷりと蜜壺が音を立てた。

「あ、は、あ……」

半分ぐらい埋まったところで、花子の動きが止まる。もどかしくて堪らないのに、先端がひっかかったようになっていて、奥に中々進まない。

「も、う……だめ……」

「ハナコ、力を抜け」

「え、は……あああぁっ⁉」

花子のウエストを大きな手が掴み、ぐんと下に動かす。一気に腰が沈むのと同時に、蜜壺をファルークに貫かれた。最奥にこつんと先端が当たり、熱い塊に満たされた襞がぎゅっと収縮する。

「あっあっあっ……ああっ」

思わず背中を仰け反らせた花子の胸を、ファルークが口に含んだ。両手でファルークの肩を掴んだ花子は、あられもなく首を左右に振る。突き出された胸の蕾は、ファルークの唇に挟まれ、引っ張られたり、甘噛みされたりした。胸への刺激と蜜壺への刺激が、花子を快楽の淵《ふち》へと追い詰めていく。

ちゃぷん……ちゃぷん

「あっ」

湯船に張った湯が、花子の身体と共に揺れる。花子の肌が桜色に染まっているのは、お湯のせいなのか、それとも花子と向き合う形で湯舟の中で座っている、ファルークのせいなのか、もう花子には分からなかった。

「どうした、ハナコ。好きに動いていいんだぞ？」

花子が少しでも腰を揺らすと、蜜壺のナカと彼自身が擦れ合い、震えるような快感が全身に広がっていく。

「は、あん」

花子が腰をゆっくり上下に動かすと、ファルークの唇から熱い吐息が漏れる。ファルークと一つに繋がっている箇所は、硬く膨れた彼自身をずぶずぶと受け入れていた。

（あつ、い）

身体全体の温度が上がり、熱くて熱くて、堪らない。ファルークの頬骨《ほおぼね》の辺りも、上気しているようだ。擦るように、抉るように、硬く膨張した欲望がナカで動く。花子はいつの間にか、自分が気持ちいいと思える角度になるよう、腰を振っていた。

「のぼせ、そう……」

花子の声はとろんと蕩けていた。ファルークは瞬きすると、にやりと口端を上げる。

「のぼせて倒れたら大変だ。ハナコ、腕を私の首に回せ」

言われた通り、ファルークにしがみ付いた花子は、次の瞬間大きく身体を震わせた。

「ああ、あっ――っ！」

花子と繋がったまま、ファルークが立ち上がったのだ。花子は両脚も彼の腰に回して、逞しい身体にしがみ付いた。

ファルークは軽々と湯船から出て、花子の背中を黒い壁に押し付ける。火照った身体に、壁の温度はちょど良く感じた。

「ハナコ」

「あっ、あっ、あっ、あっ」

ファルークがゆさゆさと花子の身体を揺さぶり始めた。上下に身体が動く度に、深く強く蜜壺を貫かれた花子は、半開きの唇から甲高い声を上げる。

ぐっぐっ、と激しく最奥を突き上げられ、ファルークの身体にしがみ付く腕に力が入る。花子を抱き上げているファルークは、疲れた様子も見せず、花子を攻め立てていた。

「あ、あああ、あうっ……ああんっ⁉」

尖った胸の先端が、ファルークの肌と擦り合わされる。上下だけでなく、横への揺さぶりがかかり、花子は一層甘い声を漏らした。

「あ、あ、あっ、だめ、だめえっ……！」

ファルークの腰に回した花子の脚に力が入る。ますます激しくなる彼の動きについて行けない。

ねちゃねちゃと蜜壺を掻き回す厭らしい音が、湯気の立つ浴室に響く。

「あ、あ、あ」

褐色のファルークの身体が濡れて光っている。ファルークも苦しそうな表情を浮かべ、唇から荒い息を吐いていた。花子を見据える青い瞳に、燃え盛る情欲の炎がちらついている。

「ハナ、コ……っ……！」

襞がファルークに纏わり付き、奥へと誘導する。最奥を攻め立てられた花子は、もう何も考えられなくなった。

ファルークによって高められた快感が、花子のナカで大きく膨れ上がり——そして、

「あ。あっあっ……ああああああーっ！」

花子の頭の中が真っ白に染まった瞬間、熱い飛沫が迸《ほとばし》った。どくどくと注がれる熱さを、花子のナカが呑み込んでいく。

「あつ、い……」

蜜壺に入りきらなかった熱が、結合された部分から浴室の床にぽたりぽたりと落ちていった。

「あ、あ……」

力の抜けた花子の身体を抱き留めたファルークは、惜しむように彼自身を蜜壺から引き抜いた。ごぼりと音を立て、白い泡を付けた彼自身が外に出てくる。先程よりも重量感が減ったソレは、また力を漲《みなぎ》らせようとしていた。

「二度目だというのに、まだか」

ファルークが苦笑いしながらそう言ったのを、花子は聞いていたが――反応する前に意識を手放してしまっていた。ファルークが再び花子の身体を清め、抱き上げてベッドまで運んでくれたが、二度もイかされた花子が目を覚ますことはなかった。

＊＊＊

――RRRRR……

ファルークは目を開け、ベッドヘッドに置いていたスマホに右手を伸ばす。画面を見た彼は、人差し指で操作した後、腕の中で眠ったままの愛おしい彼女の左頬にキスを落とし、ベッドから降りた。

耳をスマホに当てると、予想していた人物からの声が聞こえてくる。

『そちらは上手くいったようですね、兄さん』

ファルークは左手で髪を掻き上げ、小声で言った。

「……シャガール。こちらは夜中だぞ」

『それは失礼。一刻も早くお知らせしたかったので』

全く失礼だと思っていない声だ。どうせ先程までファルークが何をしていたのか、お見通しなのだろう、とファルークは内心溜息をつく。

「無事王位継承の儀は終了したのか」

『ええ。儀式自体は王笏を捧げて祈るだけですから。王宮の掃除もつつがなく終わりました』

この言い方だと、国に戻ったラシッドも、彼に協力したマルジャーナも今まで通りではいられないだろう。

(前々から父上と義母上を隠居させ、ラシッドやあいつに群がっていた輩《やから》を一網打尽にするつもりだったからな、こいつは)

「……そうか。お祖父様の具合は？」

『あの回復力、少し前まで臥《ふ》せっていたとは思えませんね。未熟な私を鍛えてやると、やる気満々です。それに、兄さんがあのミスター・ヤマダのお孫さんを妻に迎えると聞いて、ようやく約束が果たせたと大喜びされていました』

エメラルドをファイアオバルに送った時、花子と結婚するとメッセージを添えていた。それを読んだのだろう。

「お祖父様らしいな。シャガール、お前も当分周囲を警戒しておくようにしろ。そこは日本とは違うのだから」

『分かっていますよ。落ち着いたら、兄さんもファイアオバルに一度戻って下さい。……ミス・ヤマダと一緒に』

「そうだな。ああ、ハナコは派手なことが嫌いなようだ。大袈裟な歓迎は必要ない」

くすくすとシャガールが笑っている。

『兄さんがミス・ヤマダを他の男に見せたくないからでしょう？　囲い込み過ぎると逃げられますよ』

「うるさい」

ファルークがむすっと返答すると、シャガールの笑い声が大きくなった。

『こちらのことはご心配なく。兄さんはミス・ヤマダを口説くことに全力を尽くして下さい。では、これで』

「ああ」

切れたスマホから目を上げたファルークは、寝室の壁に掛けられた鏡を見た。金髪に青い瞳をした、褐色の肌色の男が裸で立っている。均整の取れた身体付きは、忙しい間でも運動を欠かさず続けている結果、なのだろう。自分の見た目が女性の目を惹くことも、ファルークは十分承知している。

「私の容姿に惑わされなかったのは、ハナコだけだったな」

ファイアオバル人は黒髪黒目、褐色の肌をしている。ファルークの外見は、異国人の血が混ざっていると一目で分かる姿だ。

王太子の長男だからと女達はファルークに群がった。だがその一方で、後ろ盾のないフランス人の母を持つファルークを、混血児だと揶揄していたことも知っている。身内で態度を変えなかったのは、祖父とシャガールぐらいだった。

「妻は一人、ハナコだけがいい」

父と母は恋愛結婚だった。ファイアオバルに来た母に父が一目惚れ、妻としたが、周囲は母を認めなかった。母と結婚するなら、有力者の娘を正妃に迎えろと迫ったのだ。祖父は母を庇《かば》ってくれたが、クーデターから復興中の国内は安定しておらず、結局は有力者同士のパワーバランスを考えて、正妃を始め他の妻たちを迎えることになってしまった。

母はファルークを産んだ後、夫に別の妻がいる事実に耐え切れず、単身フランスに戻った。

ファルークは、ファイアオバルとフランスを行き来しながら成長することになる。その間、ヨーロッパの国々に留学し、見識を広めることができたのは幸いだった。

ファイアオバルでは異端児と見られていたこの姿が、他の国では人目を惹くことも知った。ファルーク自身は何も変わらないのに、周囲が自分を見る目だけが変わっていく。女性達から夢見るような視線を投げ掛けられる度に、ファルークは心が凍っていくのを感じていた。

マルジャーナも子どもの頃はファルークを馬鹿にしたような態度を取っていたが、ファルークがビジネスマンとして大成功し、祖父から油田の権利を譲り受けたと知ってから付き纏うようになった。王妃の座でなくとも、大富豪の妻の座はかなり魅力的だったらしい。

——そして、ラシッド。ファルークが実力をつければつける程、ラシッドは焦りを覚えるようになったようだった。ファイアオバルで身の危険を感じるようになったファルークは、シャガールと相談の上、一計を案じることにする。

——王の座を譲る儀式には、王家のエメラルドが必要。そのエメラルドを持つ日本人を探すという名目で、ファルークが囮として日本に渡る。ラシッドがファルークに気を取られている間に、シャガールが政権を掌握《しょうあく》し、国王として立つ——

(エメラルドが見つからなくとも、シャガールを王にするつもりだったが、上手くいった)

王位継承の儀式に拘《こだわ》っているのは、旧勢力の人間だけだ。復興後の国を支える新勢力の人間は、エメラルドがなくともシャガールを支持しただろう。もちろん後ろ指を指されぬよう、儀式を行った方が有利だったのは事実だが、ラシッドとシャガールを比較すれば、どちらが王に相応しい人物なのかは明白だったからだ。

ラシッドは長兄のファルークをライバル視していたが、父と母の有様を見ていたファルークに王となる気はなかった。王として生きるよりも、ビジネスの世界で生きていた方が面白いと思っていたのだ。

それを見抜けなかったラシッドは、まんまとファルークとシャガールの狙い通りに動いた。意気揚々とレプリカを持ち帰ったラシッドは、さぞや痛い目に遭うに違いない。

鏡の中のファルークの唇が、歪んだ。

「……もしハナコに触れていれば、あの場で息の根を止めてやるところだった」

ラシッドの好みは豊満な美女で、花子のようなスレンダーなタイプは好みでないことを知っていた。だからこそ、わざとマルジャーナに『二人でパーティーに出席する』と情報を流し、花子にあのレプリカを身に付けさせた。そうすれば、マルジャーナから情報を得たラシッドが、花子からレプリカを奪おうとするはずだからだ。

その場を取り押さえる予定だったが、花子がファルークにレプリカを投げ付けて逃げ、ラシッドに連れ去られたため計画を変更した。もっとも、ファルークがレプリカを投げ付けたラシッドの側近はこちら側の人間で、いざとなれば花子を守るよう命令していたのだが、花子を危険な目に晒《さら》したことには変わりはない。

「ん……」

花子がもぞもぞと動いた。ファルークはスマホをベッドヘッドに置き、花子の左横に身体を横たえた。こちらに顔を向けている花子が目を覚ました様子はない。ファルークは花子の髪を右手に巻き付け、唇を落とした。

「私を見ても、全く態度を変えないハナコに最初から惹かれていた。ハナコに愛されたら、どれ程幸福だろうと思っていたのだ」

日本で親しくなった鈴木太郎の秘書が、探していた山田太郎の孫娘だったのは、本当に偶然だった。エメラルドのことがなくても、ファルークは花子に求愛していただろう。

つんと澄ました顔も、ファルークに物怖《ものお》じせず勝負を挑んでくるところも、しなやかで柔らかな身体も、ほんのり香る甘い匂いも、ファルークを惹き付けて離さない。

「……愛してる、ハナコ。ハナコは私の運命の女《ファム・ファタール》だ」

ファルークは花子を抱き締め、上掛けを身体の上に被せた。温かい身体の感触を楽しみながら、ファルークはそっと目を閉じたのだった。

＊＊＊

いや、お引き受けします、とは言ったけれども。

「……どうして、ここまで話が進んでいるんですかっ⁉」

ファルークに散々喘がされ、ぐったりと寝ていた花子が目を覚ました時、ほぼ全てが終わっていた――ようだ。シャワーを浴び、バスローブ姿になった花子は、リビングのソファに座りコーヒーを飲んでいた。そこに同じくバスローブ姿のファルークが登場し、花子にプリントアウトされた書類を手渡した。その書類を見た花子の眉間の皺が、だんだん深くなっていく。

(だっておかしいでしょ⁉　プロポーズされたの昨日なのにどうして⁉)

わなわなと書類を持つ手が震える。花子の左隣に腰を下ろしたファルークが、「どうした、ハナコ？」と不思議そうに言った。

「結婚式場はすでに複数確保済み、ウェディングドレスも複数準備済み、ハネムーンまで準備万端、おまけに私の家族にまで話をしたですって！」

「ああ」

事もなげにファルークが答える。

「ハナコのハジメテを貰った時から準備を始めたからな。私がヤマダタロウ氏と約束を交わした祖父の孫だと告げた時、ハナコのご両親は感涙《かんるい》にむせんでおられたぞ」

（それは違う意味でしょうがっ！）

男っ気がなく、『一生独身上等！』な花子の相手が、イケメン石油王で大金持ちと知り、『きっと花子も熱烈にプロポーズされて絆されたのだろう』とでも思ったのではないだろうか。ファルークはその気になれば、好感度千パーセントの男性に豹変《ひょうへん》する。

（お母さんの事だから、『すごいイケメンじゃない、花子！　やったわね！』ぐらいのことは言ってそうよね……）

母はイケメン大好き、ロマンス小説大好き人間だ。ファルークを見て『ロマンス小説のヒーローだわ！』と叫んだに違いない。そんなファルークに『ハナコを驚かせたいので、黙っていて欲しい』と頼まれ、一も二もなく了承したのだそうだ。

「もちろん、式場もドレスもハナコの好きな物を選ぶといい。ハナコが望むなら、ファイアオバルの宮殿を借りるが」

「絶対止めてください。それから……あのヘリは厳禁ですっ！」

「そうか？　ホテルの屋上から、青い空に飛び立つというのもロマンではないかと思ったのだが」

「リムジンで我慢して下さい。それから……あああ、もう！　派手な演出はいりませんーっ！」

……花子はファルークの出した結婚式計画書にびしばしとダメだしをしながら、何とか派手さを押さえようと頭を悩ませることになったのだった。

エピローグ～平凡な山田花子の、平凡じゃない日々は続く

今日もStaffing company of SUZUKIの敏腕マネージャー、山田花子は鉄仮面のままパソコンのキーボードを打っている。黒物眼鏡に括った髪、黒のタイトスカートスーツといういつもの格好をした花子だが、前とは違い、彼女の左手には煌めく大ぶりのダイヤの結婚指輪が嵌っていた。そこに真っ赤な薔薇の花束を抱えた、白いクーフィーヤを被り、白のカンデューラを着た背の高い男性が近付いて来た。金髪に青い瞳を煌めかせた彼は、花子に花束を渡すと彼女の左手を手に取り、薬指に輝く婚約指輪とプラチナの結婚指輪にキスをした。

「ハナコ！　食事に行こう！」

相変わらず黒いタイトスカートスーツを着て髪を一つに括った花子は、黒縁眼鏡をくいっと上げて冷静な声で言う。

「ファルーク。今日は社長と会議の予定でしょう？　仕事終わってからにして下さい」

「ハ～ナ～コ～」

情けない声を出すファルークを、はいはいと花子はあしらい、社長室へと追いやった。

──あの決闘騒動から、すでに半年が過ぎていた。

ファイアオバル王家のお家騒動（？）は意外にあっさりと片が付いた。ファルークが日本にいる間に、義弟のシャガールが王宮内を掌握していたのだ。ファルークに気を取られていたマルジャーナもラシッドも、病弱だったシャガールのことは気にも留めていなかった。

ファルークが渡したエメラルドを王笏に付け、神への宣言をしたシャガールは正式にファイアオバルの王となった。王太子夫妻は隠居、ラシッドと、彼に手を貸したマルジャーナの一族は国外追放となったらしい。ただし、彼ら自身である程度資産も持っているため、贅沢さえしなければ余裕で過ごせるはずだとか。ファルークとの決闘で負けたと噂されているラシッドは、正式な王となったシャガールにはもう、手出しはできないだろう、とファルークから聞いた。

そうして三ヶ月が経《た》ち色々と落ち着いた頃。ファルークは正式に王位継承権を放棄して日本に帰化、『ファルーク＝スレイマン＝山田』になった。花子が苦労したおかげ？で、何とかド派手な式にはならずに済んだ。とはいえ、高級ホテルを丸ごと貸し切りという事態にはなったのだが。

『こうなると思ってたわ～』とかおりに生温《なまぬる》い目で見られたのも、いい思い出だ。

そして今、ファルークは『ハナコの傍にいたい』という理由で太郎の共同経営者になり、彼の右腕としてStaffing company of SUZUKIで働いている。今抱えている仕事が落ち着いたら、ハネムーンを兼ねてファイアオバルに行き、あちらでも結婚式を挙げる予定だ。シャガールからもいつでも遊びに来てくれ、宮殿を貸し切りにして結婚披露宴を行おうと言われている。

……花子的には宮殿の隅で構わないのだが。とんでもなく豪勢になりそうな気がして、今からコワイ。絶対に派手な演出は拒否しよう、と心に決めていた。

「そのためにも仕事頑張って下さいね」と花子に言われたファルークは、渋々社長室へと向かう。そんな彼の後ろ姿を見送った後、花子は視線を机の上のフォトスタンドに移した。そこには、白いシーク服を着たファルークと、白いAラインのウェディングドレスを着た花子が写っている。花子とファルークの左指には、お揃いで作った半月刀の文様が刻まれた結婚指輪が光っていた。

鉄仮面が外れ、花子の口元に微笑みが浮かぶ。

(そうね、そんなあなたを愛してるって、今度言ってみようかしら)

「さ、花瓶に活けないと」

薔薇の花束を抱え直した花子は、席を立って入り口近くに置いてある花瓶に近付いた。薔薇の花を活けながら、いつの間にか花子は鼻歌を歌っていたのだった。

あとがき

ガブリエラ文庫プラス様では初めまして、あかし瑞穂《みずほ》と申します。主に現代恋愛物を執筆させていただいております。

この度は「イケメン石油王の溺愛　シークにプロポーズされても困ります」を読んでいただき、ありがとうございました。

私は海外ロマンス物に嵌っていた時期がありまして、その時読んだ作品によく出てくるヒーローに「石油王」「シーク」がいました(笑)。

逞しい身体に強い精神、傲慢だけどヒロインを一途に愛するシーク。クーフィーヤとカンデューラ、三日月刀も必須アイテムです。

馬に乗って砂漠を駆け、攫われたヒロインの元に颯爽と駆け付けるヒーローの活躍ぶりに心躍らせたものです。

ですので、今回のヒーローであるファルークに、私が思う石油王＋シークのエッセンスを詰め込んでみました（長身、逞しい体躯、蠱惑的な香り等々）。金髪碧眼、褐色の肌という彼の色彩は完全に私の趣味です。

ファルークは結構腹黒い性格で、花子の前ではわざと片言《かたこと》日本語を喋ったりしています。ベッドの中ですらすら日本語を話しているのが、彼の本当の語彙力《ごいりょく》です(笑)。
花子に優しく接しつつも、結局自分の思い通りにしてしまうところに、彼の腹黒さが出ています。
幼い頃から複雑な家庭環境で育ったファルークは、女性に対しても慎重で、本命の恋人は花子が初めてです。金目当ての女性に追いかけられていた彼は裏表のない花子に惚れ込みますが、これからも「自分の裏の顔」は花子に見せないのではないかと思います。

また、舞台が日本なのでファルークを馬に乗せることはできませんでしたが、代わりにキンキンキラキラのヘリに乗せてみました。彼が所有するプライベートジェット機も、きっと金色主体だと思います。ファイアオバルでは金と青（ラピスラズリの色）が富の象徴として使われているので、彼の周囲は金だらけの設定です(笑)。

一方ヒロインの花子は、そんなファルークに負けない精神力の持ち主です。地味女と言われたことを引きずってはいますが、敵をばっさり切り捨てる強さも持っています。不器用なのでファルークにも真正面からぶつかることしかできませんが、その不器用さもファルークに愛される要因になったと思います。

素直じゃない花子は、中々ファルークへの想いを認めることができませんでした。両想いになっても、彼女はツンデレのままですが、その分ファルークが愛情表現過多なので、お似合いのカップルだと思います。

ファルークと花子がやり合うシーンは、書いていて本当に楽しかったです。花子のツッコミ鋭い台詞や、それにめげないファルークの様子は、ぽんぽんと頭に浮かんできました。「安心せい、ミネウチじゃ」「銃刀法違反になるでしょ、馬鹿――っ！」も書くことができて、とても嬉しかったです。

ファルークと花子の今後は、ケンカップルになりそうな感じです。言い合いつつも仲がいい二人は、周囲から生温い目で見られていると思います。


本編に入れることができませんでしたが、ＳＳにファイアオバルに行った二人の様子を書かせていただきました。ファルークは結構コスプレ好きかもしれません(笑)。なんだかんだ言っても、ファルークに乗せられてしまう花子はお人好しだと思います。


また、脇役ですがイケメン苦労人の太郎や、花子の同僚かおりも、書いていて楽しいキャラでした。不憫な太郎にもいい人見つかればいいなあと思っております(笑)。

ファルークの異母弟シャガールも、結構いいキャラなのですが、ファイアオバルにいたので出番が少ないままでした。若くして王になったシャガールは政略結婚を余儀なくされそうですので、彼の恋愛も中々面白そうな気がします。

イラストは蔦森えん様に描いていただきました。素敵なイラストありがとうございました。ファルークが色っぽくて「ふわあ」となりました。花子もきりっとした美人で、芯の強さが分かります。是非この二人の華麗なイラストも楽しんでいただきたいです。

今回念願かなって石油王（シーク）を書いたのですが、とても楽しかったので、ロマンス小説の他のヒーロー達（牧場主とかギリシャの海運王とか）も機会があれば書いてみたいです。

私が書くと、ヒーローが腹黒になってしまうのですが（何故笑）、腹黒いヒーローを振り回すヒロイン、もしくは囲い込まれてしまうお人好しヒロインが好きなので、そんな二人のお話をまた書けたらいいなあと思っております。

さて何かと物々しい世の中で、家に引き籠りがちな生活が続いておりますが、皆さまはどうお過ごしでしょうか。気分が滅入ることも多いと思いますが、こんな時にこそロマンス一杯の小説を読んでいただいて、心に潤いを感じて頂ければと思っております。

ファルークと花子の恋物語も、読者様の潤いになればと願っております。

またお会いできる日がございましたら、幸いです。
ありがとうございました。

あかし瑞穂

イケメン石油王の溺愛 シークにプロポーズされても困ります　キャラクターデザイン：蔦森えん

■ファルーク＝スレイマン■

■山田花子■

蔦森えん 先生のキャラクターデザイン

一途なCEOは
2度目の
初恋を逃がさない
Novel 加地アヤメ
Illustration 緒花
君じゃなきゃだめだから
砂子十茂はアパートの隣人に言い寄られ悩んでいたところ、相談した友人に彼氏が居ることにすればいいと、高校時代の同級生、楠木現を紹介される。彼は十茂の初めての相手だった。すれ違いで別れた彼との再会に十茂はドキドキしっぱなし。今はＣＥＯだというエリートの楠木は、彼氏役を進んで引き受け、甘く誘惑してくる。「ずっとこうしたかった」情熱的に抱かれ愛を囁かれた夜。また彼を好きになってもいいのかと十茂は戸惑い!?
好評発売中！

身代わり花嫁は社長《イケメン》に甘く籠絡される
Novel 玉紀 直
Illustration 氷堂れん
可愛すぎて
メチャクチャにしたい……！
ホテルの客室係の麻梨乃は、結婚を嫌がる花嫁の逃亡を手伝った責任を取り、一条寺蒼真の花嫁役を務めることに。有名企業の若社長で美貌の持ち主でもある蒼真がどうして花嫁に嫌がられたのか理解できない麻梨乃は、流されるまま彼に抱かれてしまう。「気持ちがいいなら素直に感じていろ」新生活が始まり、身代わりの自分を溺愛してくる蒼真に、とまどいつつもときめく麻梨乃。せめて本当の花嫁の代わりに彼を癒やそうと思うが…!?
好評発売中！

Novel 華藤りえ
Illustration ゆえこ
とろ甘新婚生活
ONZOSHI
元カレ御曹司が
ママと息子を
捕獲
HOKAKU
しました!
一生、大切に愛して、
幸せにするから
シングルマザーの高辻咲和は、祖母と息子の北斗と郊外に暮らしていたが、かつての恋人で会社社長の香我美昴がいきなり訪ねてくる。彼は北斗の父親だった。咲和は昴が誰も愛さないと語るのを聞き彼の許を去ったのだが、昴は近所に家まで建て、咲和に熱く結婚を迫り始める。「言ったぞ。黙って、全部を味わわせろと」全力で咲和と北斗を守り慈しもうとする昴に咲和はぐらつくが、彼が唯一人愛したという女性の存在が気にかかり!?
好評発売中！

ご主人様、それはセクハラです！
溺愛24時♡
危険な御曹司と
Novel 森本あき
Illustration 弓槻みあ
触りたいように
誘惑してみろ
ジャーナリストを目指す一花はスクープを狙い、黒い噂のある九条家にメイドとして潜入することに。九条家の御曹司、朝陽に肌が見える際どいメイド服を着るように強制され、我慢して従う一花。だが色気がないと言われムキになり、絵のモデルや色っぽい展開の映画の真似をして流されるまま抱かれてしまう。『おまえでもそんなにかわいい悲鳴を出すんだな』自由奔放で個性的な考えの九条の魅力に、一花はいつしか惹かれてしまい…!?
好評発売中！

副社長サマの
お堅い秘書は
お気に
ミダラに愛され
召すまま
Novel 七福さゆり
Illustration 緒笠原くえん
もっと幸せにしてやるから、
覚悟しておけよ
化粧品会社で秘書を務める一花は、同僚から「鉄仮面」と陰口を言われているが、直接の上司である副社長、神楽坂湊は真面目な彼女を信頼してしきりに口説いてくる。湊に惹かれつつも女性関係が派手な彼の言葉を本気にできない一花。だが不仲な母親の身勝手な再婚のショックでたがが外れ、酒に酔い湊と一夜を共にすることに。「可愛い声だな。もっと聞かせろよ」恋しい彼に優しく情熱的に抱かれ、翌日からも熱心に迫られてしまい…!?
好評発売中！

ガブリエラ文庫プラス
gabriella plus

MGP-057

イケメン石油王の溺愛

シークにプロポーズされても困ります

2020年5月15日　第1刷発行

著　者　あかし瑞穂　©Mizuho Akashi 2020

装　画　蔦森えん

発行人　日向 晶

発　行　株式会社メディアソフト
〒110-0016　東京都台東区台東4-27-5
tel.03-5688-7559　fax.03-5688-3512
http://www.media-soft.biz/

発　売　株式会社三交社
〒110-0016　東京都台東区台東4-20-9　大仙柴田ビル2F
tel.03-5826-4424　fax.03-5826-4425
http://www.sanko-sha.com/

印刷所　中央精版印刷株式会社

あかし瑞穂先生・蔦森えん先生へのファンレターはこちらへ
〒110-0016　東京都台東区台東4-27-5 (株) メディアソフト
ガブリエラ文庫プラス編集部気付 あかし瑞穂先生・蔦森えん先生宛

ISBN　978-4-8155-2051-9　Printed in JAPAN